KB010438

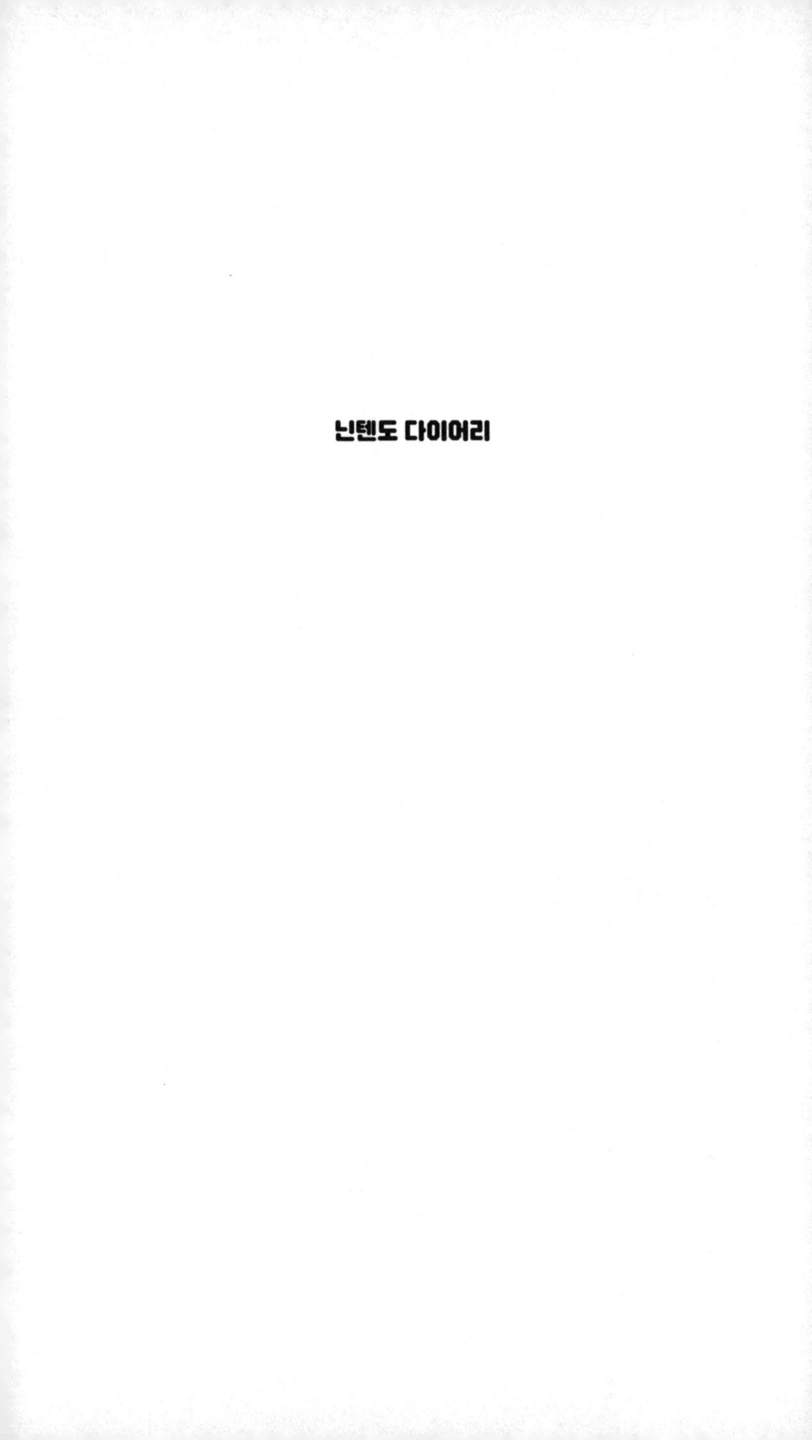

닌텐도 다이어리

닌텐도 다이어리
엄마와 딸, 게임으로 레벨 업!

초판 1쇄 펴냄 2024년 1월 22일

지은이 조경숙
편집 이송찬

펴낸곳 도서출판 이김
등록 2015년 12월 2일 (제2021-000353호)
주소 서울시 마포구 방울내로 70, 301호 (망원동)

ISBN 979-11-89680-49-7 (03810)

값 16,800원
잘못된 책은 구입한 곳에서 바꿔 드립니다.

NINTENDO
DIARY

엄마와 딸, 게임으로 레벨 업!

닌텐도 다이어리

조경숙

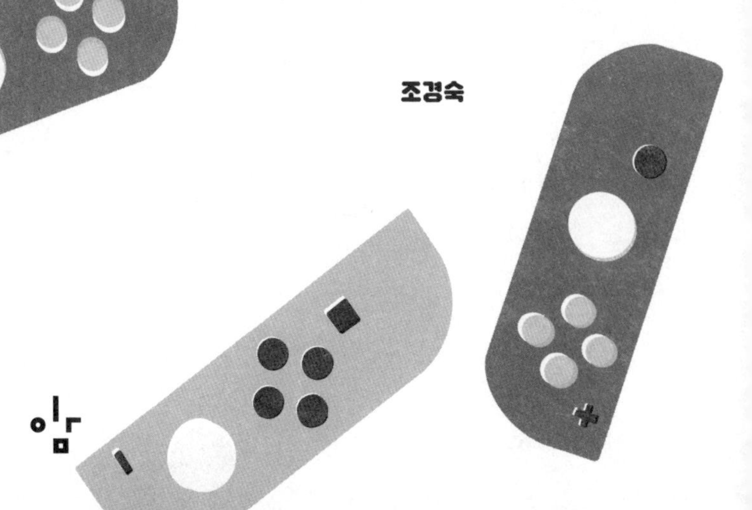

읻다

차례

LOADING...

PROLOGUE

안전한 콘텐츠를 찾아 게임기를 쥐여주다

초등학교에 들어가기도 전부터, 그러니까 아주 어린 시절부터 게임을 했다. 당시 우리 집에 있던 컴퓨터 모니터는 그림책만 한 크기였지만, 그 조그마한 모니터 안에서는 그야말로 광활한 게임의 세계가 펼쳐졌다. 나는 〈라이온 킹〉을 하며 한 마리 사자가 되어 사바나 초원을 달리고, 때로는 〈팩맨〉이 되어 유령들을 피해 우주 공간에 떠 있는 쿠키를 남김없이 먹어 치웠다. 컴퓨터만이 아니라 삼성 겜보이나 현대 컴보이 같은 게임기로도 게임을 했다. 투박한 기계의 뚜껑을 덜컥 열어서 카세트테이프처럼 생긴 게임팩을 꽂기만 하면 할 수 있는 게임이 수십 가지나 있었다. 그중에서도 내가 가장 좋아한 게임은 〈슈퍼마리오〉였다. 여기저기로 연결된 파이프를 타고 세계 곳곳을 누비며 괴물들에 맞서 싸우는 배관공이라니. 현대적 캐릭터와 판타지적 배경이 뒤섞인 세계관은 어린 나의 호기심을 불러일으켰다.

떠올려 보면 게임을 할 때는 언제나 누군가와 함께였다. 특히 두 살 터울인 친오빠와 거의 항상 함께 플레이했다. 순번을 정해 사이좋게 번갈아서 할 때도 있었지만, 보통은 먼저 게임을 하려고 투닥거렸다. 서로 자기 차례가 아닐 때는 뒤에 앉아 시시콜콜 훈수를 두고, 행여 실수라도 하면 신나게 비웃고 놀려댔다. 그러다가도 둘 모두에게 어려운 스테이지를 만나면 머리를 맞대고 전략을 짜기도 했다. 중간까지는 내가 잘하니까 담당하고, 그 뒤는 오빠가 컨트롤러를 잡는 식이었다. 두 명이 힘을 합쳤는데도 못 깨는 부분은 엄마가 나서서 도와주었다. 정확히는 몰라도 열 번 중 일곱 번은 엄마가 '쿠파(슈퍼마리오의 최종 보스)'를 처치했을 것이다. 쿠파에게 몇 대씩 얻어맞고 K.O.가 되면 우리는 한 목소리로 "엄마!"를 외치며 서둘러 컨트롤러를 넘겼다.

게임기를 붙잡고 놀던 시절 이후에도 꾸준히 게임을 했다. 만화 잡지를 사면 사은품으로 주던 게임

CD나 문방구에서 파는 다마고치, 스타크래프트와 온라인 롤 플레잉 게임(RPG)까지, 분야와 장르를 가리지 않았다. 게임 자체에 푹 빠지는 것만으로도 좋았지만, 게임을 두고 친구와 신나게 수다를 떠는 시간도 행복했다. 스프링 노트를 하나 사서 친구와 함께 쉬는 시간마다 같이 머리를 맞대고 던전의 특징, 획득 아이템 등을 깨알같이 적어, 마치 교환 일기처럼 '게임 공략집'을 썼던 기억도 있다. 신작 게임이 베타테스터 모집을 시작하면, 쉬는 시간에 부리나케 학교 컴퓨터실로 달려가 테스터 신청에 응모했다.

게임 때문에 혼나는 일도 많았다. 방학 때는 식음을 전폐하다시피 하며 게임에만 몰두했으니 혼날 만도 했다. 하지만 게임만의 문제가 아니었다고 말하고 싶다. 그 시절의 나는 마음 붙일 곳이 없었다. 때로 아이들의 우정은 알 수 없는 이유로 산산이 조각난다. 나에게도 그런 일이 일어났고, 내가 도망친 곳은 게임이었다. 학교에선 외로웠지만, 게임에선 외롭지 않았다. 온라인 게임 길드에 가입해 오프라인 모임도 나갔고, 길드원들과 함께 게임을 할 수 있었다. 오프라인 모임이라고 해봐야 PC방에 모여 게임을 하다가 함께 밥을 먹는 게 다였지만, 그런 모임이라도 좋았다(밥조차도 PC

방에서 파는 라면이었다). 집에선 밥도 거의 먹지 않고 잠도 자지 않고 게임만 하는 내게 부모님은 화를 내기도, 애원하기도 했다. 하지만 정작 나는 게임에라도 빠져들 수 있어서 행복했다. 그때는 부모님의 모든 말들이 불필요한 간섭처럼 느껴졌지만, 내가 부모가 된 지금은 그 심정을 조금이나마 이해한다.

언제까지나 게임이 즐거울 줄로만 알았는데, 정작 내가 자신을 스스로 책임져야 하는 시기가 다가오자 점차 시들해졌다. 처음엔 취업을 준비하느라, 나중엔 회사 생활에 적응하느라 게임을 할 여유가 없었다.

그렇게 오랜 시간을 보냈다. 그사이 결혼도 하고 아이도 낳았다. 일과 육아를 병행하며 바쁘게 시간을 보내는 와중에도 마음 한구석에는 여전히 게임에 대한 그리움이 있었다. 복잡한 현실은 다 잊고 게임 세계로 맹렬하게 빠져들고 싶었다. 그러나 모바일 게임을 설치하고 나서도 전과 같은 즐거움을 느끼기는 쉽지 않았다. 워낙 게임이 다양하게 나와 같은 게임을 하는 사람이 드물기도 했고, 게임마다 '현질(게임 내에서 통용되는 재화나 아이템을 구입하는 일)'을 끊임없이 해야 하는 것도 힘들었기 때문이다. 뭘 해도 금방 질리고 시들해지던 무렵, 내 옆에 꼬물거리는 손으로 게임을 갓 시작하는 초보 게이머가 등장했다. 만사가 지루해진 고인물 앞에 혜성처럼 나타난 뉴비, 바로 내 딸 소해였다.

많은 양육자가 겪는 딜레마는 공공장소에서 아이를 조용히 시키는 것이다. 우리 가족에게도 같은 시련이 찾아왔다. 밖에서 한참 놀아준 뒤 식당에 들어간다거나 책이나 조그마한 장난감을 항상 가지고 다니며 아이의 관심을 환기하려 애를 썼지만, 한계가 있었다. 최후의 보루였던 스마트폰이라는 장벽이 무너지고 난 뒤엔 어린이용 유튜브를 틀어주었는데, 옆에서 같이 보다 보니 '이걸 정말 아이에게 보여줘도 되는 걸까?' 싶은 콘텐츠가 많았다. 이를 일일이 검열하느니 차라리 어린이용 모바일 게임이 낫겠다는 판단이 들었다. 콘텐츠를 평론하는 일을 하는 내 기준에서는 유튜브에 비하면 게임이 훨씬 안전했기 때문이다. 욕설이나 인터넷 밈이 느닷없이 등장하는 경우도 없었고, 장난감이나 과자를 홍보하는 PPL도 없었다. 어떤 게임은 심지어 교육적이기까지 했다. 화재, 지진 같은 재난 상황에서 어떻게 대응해야 하는지 행동 지침을 찾아가는 재난 대응 게임이나 동물들에게 각각 알맞은 먹이를 가져다주는 동물 농장 게임도 있었다. 유아용 모바일 게임을 스마트폰에 하나둘 설치하면서 아이의 본격적인 게임 세계 여행이 시작됐다.

그러나 모바일 게임도 완벽한 청정구역은 아니었다. 광고라는 큰 단점이 있었기 때문이다. 게임 자체는 무해하고 평화로웠으나 게임을 계속 진행하려면 반드시 광고를 시청해야 했다. 몰려오는 좀비 떼의 머리를 총으로 쏘아버린다든지, 퍼즐을 풀지 못하면 사람이 물에 빠진다든지 하는 자극적이고 폭력적인 영상이 많았다. 때로는 19금 웹툰 섬네일처럼 보이는 것들이 포함되어 있기도 했다. 몇몇 게임은 유료 결제를 하면 광고를 보지 않을 수 있었지만, 그런 기능이 아예 없는 경우도 있었다. 광고 없는 게임은 없을까 고민하던 차에, 닌텐도 스위치가 눈에 들어왔다. 아이가 혼자 할 수도, 가족 모두 함께 할 수도 있고, 광고도 없고 콘텐츠도 어느 정도 검증되었다고 생각하니 아이와 함께 하기 딱 좋게 보였다. 물론 여기엔 내 사심도 반영되어 있기는 했지만, 나도 즐겁고 아이도 재밌을 수 있다면 일석이조 아닌가!

그 이후 본격적으로 닌텐도 스위치에 대한 탐색 작업이 시작됐다. 스위치 가격은 30만 원대, 그리고 게임 타이틀은 하나에 3~6만 원 정도. 만만한 가격대가 아니었기 때문에 이모저모 많이 따져보고 싶었다. 한편으론 '이 가격이라면 게임만 할 수 있는 게임기보다는 영상도 보고, 공부도 하고, 게임도 할 수 있는 태블릿 PC가 낫지 않을까?' 하는 생각도 들었다. 잠깐 혹했지만, 이 생각은 금세 접어두었다. 스마트폰을 갖고 있는 나부터도 카카오톡 메시지에 답장하기 위해서 핸드폰을 열었다가 연 김에 게임도 하고, 게임을 하다가 온 영상 알림 메시지에 홀린 듯 영상을 보는 등 좀처럼 기기 사용을 멈추지 않는 일을 자주 겪었기 때문이다. 이제 게임을 그만하자고 마음먹고 휴대폰을 껐다가도 메일을 확인하려다가 나도 모르게 다시 게임에 손이 가고 만다. 그러나 게임기는 일단 끄면 거기서 끝이 난다. 잠깐 메시지를 보는 등의 다른 용도로 켤 수 없는 기기이기 때문에, 내 경우엔 오히려 일상과 취미의 분리가 더 수월했다.

이런저런 생각을 하며 닌텐도 매장 앞에서 서성거리기를 수 개월. 결국, 나를 매장 안으로 잡아끈 건 남편이었다. 플레이스테이션이나 엑스박스 등 다른 게임기도 있었지만 내가 줄곧 닌텐도에 꽂혀 있었던 이유는 슈퍼마리오나 커비처럼 아기자기한 게임 캐릭터 때문이었다. 영화 같은 그래픽과 풍부한 액션을 선보이는 비디오게임보다도 어렸을 때 플레이해본 이 게임들에 더 마음이 갔다. 내가 어린 시절 엄마와 함께 플레이했던 것처럼, 이번에는 내 딸과 함께 게임을 해보고 싶었다. 그 당시 엄마와 함께 게임기 앞에 앉아 있던 기억이 줄곧 내겐 따뜻한 유년 시절의 장면으로 남아 있었기 때문이다.

매장에 발을 들인 이후에도 진열된 닌텐도 스위치를 보며 한참 망설였지만, 결국 닌텐도 스위치 상자를 하나 들고 계산대 앞에 섰다. 게임기만 사서는 아무것도 플레이할 수 없으니, 게임팩도 함께 골랐다. 선반에 나란히 놓인 게임팩을 둘러보며 고심 끝에 집어 든 건 <슈퍼마리오 오디세이>였다. 30년 전 나를 게임 세계로 인도했던 바로 그 게임을, 이번엔 아이의 게임 세계를 위해 다시 만나다니. 이상하게 마음이 벅차올랐다. 나와 아이가 뛰어들 새로운 게임 세계가 이제 막 시작되는 순간이었다.

소해

"난 닌텐도 스위치 젤다의 전설 에디션이 갖고 싶었어. 엄마가 사주진 않았지만..."

TIP

닌텐도 스위치 구입하기

닌텐도 스위치를 구입하기로 마음먹어도 닌텐도 스위치를 구매하는 단계에서 가로막히는 양육자가 많다. 기꺼이 사주고 싶어도 전자기기를 새로 구매하고 집에 들이는 게 보통 일이 아니기 때문이다. 처음 살 때 이모저모를 제대로 확인해야 하는데 옵션이 많으면 많을수록 헷갈리기 일쑤다. 게다가 게임 타이틀의 종류도 여간 많은 게 아니다. 닌텐도 스위치 기계도 종류가 많은데 어떻게 골라야 할까? 중고로 구매해도 괜찮을까? 여러 질문에 부딪혀 어려워할 양육자들을 위해 닌텐도 스위치 구입 방법을 정리했다.

1) 모델 선택: 닌텐도 스위치 라이트 vs 스위치 vs 스위치 OLED

닌텐도 스위치 라이트는 기존 스위치보다 경량화된 모델로, 더 가볍고 저렴하다. 대신 본체에 컨트롤러가 붙어 있어서 기본적으로 혼자서만 플레이할 수 있고, 두 명 이상이 함께 하기 위해서는 컨트롤러를 별도로 구매해야 한다. 게다가 텔레비전이나 다른 모니터에 연결하는 게 불가능하므로 컨트롤러를 구매하더라도 조그마한 스위치 디스플레이에서 플레이해야 한다. 아이가 혼자 플레이할 용도라면 닌텐도 스위치 라이트도 상관없다. 하지만 조이콘을 분리해서 플레이하는 게임도 있어서, 가능하다면 라이트가 아닌 닌텐도 스위치를 추천한다. 또 라이트 모델이 가볍다고는 하나 아이가 직접 들고 플레이하다 보면 시선이 아래로 떨어져 자세에 악영향을 줄 수도 있다. 모니터나 스크린 등에 연결해 플레이하면 시선을 아닌 정면에 둘 수 있고, 가족과 함께 게임을 나눌 수 있다.

반면 닌텐도 스위치 일반 모델은 기기를 하나만 구매해도 최대 두 명이 함께 플레이할 수 있다. 컨트롤러를 추가 구매하면 더 많은 인원이 연결되어 다인용 플레이도 가능하다. 또한, 텔레비전이나 다른 모니터에 연결할 수 있으므로 아이가 어떤 게임을 어떻게 플레이하는지 옆에서 함께 관전할 수 있는 등 다양한 장점을 갖고 있다. 단, 기능이 많은 만큼 무게가 약간 무거워서 저학년 아이가 휴대하며 플레이하면 자세가 나빠지고 관절에 무리가 갈 수도 있다.

닌텐도 스위치 OLED 모델은 일반 스위치보다 더 선명하고 밝은 화면을 갖고 있다. 실제로 닌텐도 스위치 일반 모델의 디스플레이는 썩 우수한 편은 아니다. 다만 모니터에 연결해 플레이하면 OLED 모델과 화질 차이가 없으므로 일반 모델을 주변에 더 권장하는 편이다. 게임기만 있어서는 게임을 할 수 없으므로, 게임팩을 사야 한다는 것을 명심하자. 지출 규모를 예측할 때 게임팩 구매 예산도 꼭 고려해야 한다.

2) 스위치 에디션

에디션은 일반 모델과 기능 차이는 없지만, 본체와 컨트롤러의 색상이나 디자인이 특별한 제품을 말한다. 예를 들어 닌텐도 스위치 동물의 숲 에디션은 닌텐도 스위치 본체에는 동물의 숲 일러스트가 컨트롤러에 동물의숲 디자인과 메인 색상이 적용되어 있다. 에디션은 대부분 한정판으로 발매되기 때문에 수량이 제한되어 있어 구하기 어려운 경우가 많다. 처음 닌텐도 스위치 동물의숲 에디션이 출시되었을 때는 해당 에디션을 구할 수 없는 건 물론이고, 중고거래 가격이 두 배 이상 치솟았다. 한정판 디자인이라는 데에서 의미가 있지만, 어떤 에디션인지가 게임 플레이에 영향을 미치진 않는다. 또한 에디션이 아닌 기본 모델을 구매하더라도 컨트롤러 색상을 다양하게 갖추거나 컨트롤러에 붙일 수 있는 스위치 키캡 같은 액세서리를 이용해 아이가 자유롭게 꾸밀 수 있다.

3) 닌텐도 스위치, 중고로 사도 될까?

닌텐도 스위치는 중고 거래가 활발하게 이뤄지는 제품이다. 특히 게임팩과 게임기를 한꺼번에, 그것도 저렴하게 구매할 수 있다는 장점에다가 자원 선순환 측면에서도 좋아서 중고 거래를 선호하는 이가 많다. 나 역시 중고 거래를 좋아하지만 닌텐도 스위치를 중고 거래할 때는 아래 사항들을 유의해야 한다.

- **게임을 기기에 다운로드하여 함께 판매하는 경우**
  닌텐도 스위치는 게임 타이틀을 실물로 구매할 수도 있지만, 온라인 샵에서 구매해 다운로드할 수도 있다. 닌텐도 스위치 중고 거래를 하다 보면 게임 타이틀을 기기에 다운로드한 이후 게임 타이틀 값을 포함해서 가격을 올려놓은 경우를 종종 발견할 수 있다. 이 경우에도 물론 구매하고 나면 게임을 충분히 플레이할 수는 있지만, 사실 추천하는 방향은 아니다. 기기를 초기화하면 계정이 로그아웃되어 게임 타이틀도 삭제되기 때문이다. 원칙적으로는 본인의 닌텐도 계정을 만들어 로그인하는 것이 가장 좋고, 그러기 위해서는 실물 게임팩과 게임기를 함께 파는 경우가 아닌 다운로드된 게임+게임기 패키지로 판매하는 중고 거래는 피하는 편이 좋다.

- **컨트롤러 작동이 잘되지 않는 경우**
  닌텐도 스위치는 컨트롤러의 고장이 잦은 편이다. 내구성이 약하기도 하고, 게임 특성상 힘을 주어 조작할 일이 많아서 그럴 것이다. 이 때문에 구매할 당시에는 멀쩡해 보여도 막상 플레이하려면 컨트롤러 조작이 잘 되지 않는 경우가 발생하기도 한다. 그래서 중고로 구매할 때는 카페 등에서 만나 실제로 게임을 잠깐이라도 조작해보고 구매하는 것을 추천한다.

4) 어디에서 사든, 제품 보증서 혹은 구매 영수증을 챙기자

오프라인 상점이나, 온라인, 또는 중고로 구매했더라도 제품 보증서나 구매 영수증은 보관하는 편이 좋다. 오프라인에서 구매했을 경우 제품 보증서가, 온라인 몰에서 구입했을 경우 구매 영수증이 발급된다. 구매 후 1년까지는 닌텐도 A/S센터에서 무상 수리가 가능하다.

LOADING...

CHAPTER 1

슈퍼마리오 오디세이

어린 시절엔 슈퍼마리오 시리즈를 마냥 좋아했다. 무엇보다 하수도를 타고 세상을 누비는 배관공이 멋져 보였고, 단순한 점프 조작 하나만으로도 몬스터와 싸울 수 있어 플레이도 어렵지 않았다. 마리오의 동생인 '루이지'가 등장하는 시리즈도 재미있어서 어릴 적 친오빠와 2인용 게임으로 자주 플레이하곤 했다.

그런데 언제부터인지 슈퍼마리오 시리즈에 정이 가지 않았다. 항상 피치공주가 납치되어 위협적인 상황에 놓이는 것도, 납치당하고도 예쁘게 차려입은 피치공주도, 공주를 구하고 나서 승전 깃발을 올리는 아저씨 마리오도 시시하고 고리타분하게 느껴졌다. 실컷 플레이하다가도 마리오의 깃발이 올라가고 나면 왠지 마음 한구석이 찜찜했다.

〈슈퍼마리오 오디세이〉의 구입을 망설였던 것도 이 때문이었다. 이번에도 어김없이 피치공주가 쿠파에게 납치당한다는데, 그렇다면 기다리는 엔딩도 불 보듯 뻔할 것이기 때문이다. 몇십 년 동안 계속 납치되는 공주를 보고도 경호 시설 하나 없이 피치공주를 끊임없이 위험하게 방치하는 무책임한 버섯왕국에 속절없이 화가 났다. 게다가 이번 〈슈퍼마리오 오디세이〉에서는 쿠파가 공주를 납치할 뿐만 아니라 강제로 결혼식까지 올리려고 작정했다고 한다. 마리오와 결투하는 중간보스 캐릭터들은 모두 쿠파의 결혼식을 돕는 웨딩업체 직원들로, 여러 왕국의 보물들을 왕국의 국민들에게서 탈취하여 쿠파와 피치공주의 결혼식 예물로 상납했다. 마리오는 웨딩플래너에게 탈취당한 보물들을 되찾아주고, 쿠파와 피치공주의 폭력적인 결혼식을 저지해야 한다. 납치만 해도 용납할 수 없는데 거기에 더해 강제 결혼이라니. 게임 소개글을 봤을 땐 아무래도 시대를 역행하는 이야기인 것만 같아 정말 하고 싶지 않았다.

그러나 동시에 정말 이 게임을 하고 싶기도 했다.

영상으로 접한 풍경들이 '이게 정말 마리오야?' 싶을 정도로 아름다웠기 때문이다. 반짝이는 바다와 사각거리는 모래사장, 울창한 숲과 새하얀 눈밭, 형형색색의 꽃밭… 왕국들은 쿠파의 웨딩플래너들이 감히 빼앗아 가고 싶을 만큼 저마다의 매력으로 찬란하게 빛났다. 나도 저 풍경 속에서 헤엄쳐보고 싶은 마음이 간절했다. 하기 싫은 마음과 하고 싶은 마음 사이에서 오래도록 줄을 탄 끝에 결국 이 게임을 구매했다. 어차피 소해가 자라나면서 이런 콘텐츠를 접할 수밖에 없을 텐데, 그렇다면 함께 게임을 하며 비판할 관점을 나누는 게 낫겠다는 생각에서였다.

〈슈퍼마리오 오디세이〉는 평소처럼 피치공주가 쿠파에게 납치되는 장면으로 시작한다. 나란히 앉아 오프닝을 보고 있던 소해에게 침을 튀기며 말했다.

"소해야, 저게 얼마나 나쁜 행동인지 알지? 상대방이 원하지 않는데 강제로 데려가는 거 말이야, 진짜 어마어마한 악당이야! 남자들만 구해줄 수 있는 거 아니고 여자들도 구해줄 수 있는 거고. 알지?" (경숙)

(소해) **"어, 알아."**

내 말을 듣는 둥 마는 둥하며 건성으로 대답하던 소해는 잠시 후 탄성을 내질렀다.

소해 **"엄마, 저거 봐! 모자 집이야! 예쁘다!"**

소해의 말을 듣고 시선을 옮긴 화면 안에는 커다란 보름달과 몽환적인 밤하늘이 어우러진 신비로운 마을이 펼쳐져 있었다. 우아하고 세련된 모자 집들 사이로 빛나는 작은 모자들이 날아다니는 모습이 앙증맞았다. 왕국 곳곳에 풍성하게 내려앉은 하얀 구름도 이색적이었다. 납치당한 피치공주를 구해야 한다는 목표는 까맣게 잊은 채 우리는 모자 왕국을 천천히 돌아다녔다. 예전엔 점프와 수그리기 정도만 있었던 마리오가 이제는 2단 점프나 구르기, 전력질주 같은 다양한 몸놀림을 선보였다. 풍경만 아름다운 게 아니라 마을의 캐릭터들과 이야기를 나누고 상호작용하는 것도 흥미로웠다. 쿠파를 무찌르기 위한 목적을 달성하기 위해 게임을 하는 게 아니라, 어떤 신비로운 세계로 여행을 떠나는 듯했다.

마리오의 모험이 모자 왕국에서 시작되는 이유가 있다. 이 게임에서 마리오와 계속 함께할 캐릭터인

'캐피'를 만나기 위해서다. 쿠파 일당이 모자 왕국에서 캐피의 여동생 '티아라'를 납치해 간 탓에 캐피도 마리오의 모험에 기꺼이 합류한다. 모자처럼 생긴 '캐피'의 주요 능력은 '캡처'다. 적의 머리에 '캐피'를 씌우면 마리오가 그 적의 능력을 사용할 수 있다. 예를 들어 물고기에게 캐피를 씌우면 바닷속을 능수능란하게 헤엄칠 수 있고, 대포에 캐피를 씌우면 원하는 곳까지 신속하게 날아갈 수 있다. 캐피의 '캡처' 능력은 마리오의 능력을 극대화하여, 플레이어가 눈앞의 난관을 해결할 방안을 다양하게 모색할 수 있도록 도와준다.

우리는 <슈퍼마리오 오디세이>에 푹 빠져들었다. 컨트롤러를 하나씩 나누어 소해는 캐피를, 나는 마리오를 맡았다. 보스와 전투를 치르기 위해서는 캐피와 마리오가 따로 다니는 편이 훨씬 효율적이다. 역할을 나눠 함께 스테이지를 클리어하니 소해의 성취감도 더 큰 듯했다. 둘이서 경쟁하는 것이 아니라 함께 구령을 외치고 협력하는 동료 관계가 된다는 점이 좋았다. 처음 도착한 왕국에서는 그 왕국만이 보여주는 아름다운 풍경에 압도되어 서로 "여기 멋지지 않아?" 하며 이야기를 나누는 것도 행복한 경험이었다.

우리가 가장 좋아하는 장소는 바다 왕국이다. 드

넓게 펼쳐진 모래사장과 반짝이는 파도, 바다 아래로 잠수해내려가면 만날 수 있는 해초와 해저 동굴이 하나하나 모두 청량하고 아름다웠다. 실제로는 몸에 물기 하나 묻히지 않았지만, 마치 휴양지에 놀러 가서 수영을 하는 기분이었다. 소해는 호수 왕국도 무척 좋아했다. 호수 왕국에는 인어들이 살고 있는데, 바다와는 또 다른 분위기의 신비로운 분위기를 자아냈다. 방문하는 왕국마다 펼쳐지는 그 모든 풍경은 정말 오래오래 눈에 담고 싶을 만큼 아름다웠다. 섣불리 스테이지를 통과하는 게 아쉬울 정도였다. 그러나 그 많은 풍경을 제치고, 내가 가장 감동했던 곳은 바로 도시 왕국이었다.

도시 왕국의 첫인상은 영화 <배트맨>의 고담시티를 연상시켰다. 파리들이 들끓고, 폭풍우가 휘몰아치고, 쿠파의 얼굴이 그려진 포스터가 날아다니며 으스스한 분위기를 만들어 냈다. 도시 왕국이 이렇게 된 건 바로 쿠파 때문이다. 쿠파 일행이 도시 왕국의 전기를 모두 빼앗아 도시 왕국은 어두컴컴한 암흑과 사방에 벌레가 가득한 위험한 곳이 되어버린 것이다. 이런 도시 왕국에 본격적으로 진입하기 전에 마리오는 한 사람을 만나게 된다. 도시 왕국 '뉴동크시티'의 시장 '폴린'이다.

폴린을 보자 마음이 벅차올라 하마터면 울 뻔했다. 폴린은 <슈퍼마리오>의 전신이라고 할 수 있는 게임이자, 마리오가 처음으로 등장한 게임 <동키콩>에서 고릴라 동키콩에게 붙잡혀 간 히로인이었다. 먼 옛날 고릴라에게 잡혀갔던 폴린이 이제는 바지 정장을 말쑥하게 차려입고 진지한 표정으로 도시의 문제를 고민하고 있었다. 폴린을 납치했던 바로 그 고릴라의 이름을 딴 '뉴동크시티'에서.

도시에 문제가 생겼을 때, 폴린은 매번 마리오보다 한발 먼저 그곳에 가 있었다. 시장실에 앉아만 있는 게 아니라 실무진과 적극적으로 해결책을 고민하는 책임감 있는 리더의 모습으로 말이다. 도시 왕국을 돌아다니다 보면, 폴린이 도시 왕국의 주민들에게 얼마나 존경받는지도 알 수 있다. 주민들은 저마다 폴린이 도시 왕국의 시장이 된 이후 도시가 얼마나 달라졌는지 이야기하고, 폴린처럼 되고 싶다고도 말한다. 도시 왕국의 마지막 미션은 폴린의 멋진 라이브 공연과 함께 '동키콩'을 물리치는 것이다. 이건 결투가 아니라 오래전 <동키콩>을 플레이했던 플레이어가 다시 돌아온 것을 기념하는 '축제'다. 아주 오래전의 픽셀 아트 그래픽이 <슈퍼마리오 오디세이>의 3D 그래픽과 절묘하게 겹치면서, 환상적인 게임 경험을 선사한다.

'동키콩'에게 납치되었었지만, 이제는 그런 동키콩을 관리하는 도시의 수장이 된 폴린의 모습은 <슈퍼마리오 오디세이>가 향하는 엔딩에 대한 하나의 복선이었을지도 모른다. 쿠파에게 납치당한 피치공주 역시 가만히 무력하게 있는 게 아니라 때때로 쿠파에게 적극적으로 대항하는 모습을 보여주었다. 그는 자신이 있는 자리에서 최선을 다해 투쟁하고 있었다. 최종결전을 위해 결혼식장 문을 박차고 들어간 순간에도, 피치공주는 쿠파의 반지를 절대 받지 않으려고 온 힘을 다해 쿠파를 밀어내고 있다.

이 게임의 놀라운 점은 최종 결전 이후 펼쳐지는 엔딩이다. 혹시 엔딩을 스포일러당하고 싶지 않다면 이 문단을 뛰어넘어도 좋다. 엔딩에서 마리오와 쿠파는 서로의 부케를 내밀며 피치에게 구애하는데, 정작 피치는 그 둘을 황당한 표정으로 번갈아 본다. 그러더니 쿠파와 마리오를 모두 거절하고 훌쩍 떠나버린다. 엔딩 이후 피치공주는 여행을 떠난다. 오랜 기간 함께 납치당했던 친구 '티아라'와 단둘이서. 그녀는 자신이 겪었던 강압적인 일들에 굴하지 않고 당차게 자신의 즐거움을 찾아 떠난다.

옛날 동화들은 "그래서 왕자와 공주는 오래오래 행복하게 살았습니다"로 끝을 맺지만, <슈퍼마리오 오디세이>의 엔딩은 이와 달랐다. 이 게임은 목숨을 구해준 것은 매우 고맙고 용기 있는 일이지만 그렇다고 반드시 그 사람과 결혼해야 할 필요는 없다는, 아주 단순한 메시지를 효과적으로 전달한다. 피치는 강압적으로 결혼식장까지 끌려갔지만, 하객으로 온 많은 사람 앞에서 온몸으로 저항했고, 마리오가 자신을 구해주었다 해서 그의 청혼을 승낙하지도 않았다. 여성은 스테이지나 모험의 '보상'이 아니라는 사실을 명료하게 알려주는 듯했다.

<슈퍼마리오 오디세이>는 마리오 시리즈가 여태 유지했던 '공주 구출'의 서사를 '결혼' 콘셉트로 구체화하지만, 도리어 결혼과는 정면으로 대결한다. 이 안에서 여성 캐릭터들은 자신의 욕망과 의지를 분명하게 밝히고, 자신의 정체성을 실현하는 방향으로 확실하게 자리매김한다.

소해는 피치공주가 마리오의 청혼을 거절하는 모습을 다소 의아해했다.

소해 **"엄마, 왜 피치공주는 마리오랑 결혼 안 해? 못 됐다."**

나는 지금까지 이 순간을 기다려 온 것처럼 재빨리 대답했다.

"구해줬다고 꼭 결혼해야 하는 건 아냐. 서로 사랑할 때 결혼해야지." 경숙

아 그렇구나, 하고 고개를 끄덕이더니 소해는 세계여행을 떠난 피치공주를 찾기 위해 다시 게임에 열중했다. 우리가 곳곳에서 찾아낸 피치공주는 항상 여행지에서 가장 위험한 곳에 용감하게 올라서서 풍경을 감상하고 있었다. 그러다가도 우리가 가까이 다가가면 밝게 웃으며 인사를 건네주었다. 지금까지 숱한 마리오 시리즈를 플레이하며 만난 피치공주 중 가장 자유로운 모습이었다.

소해

약간 좀 어려운데 그래도 재밌어. 호수의 물결이랑 인어들이 너무 이뻐서 난 호수 왕국을 제일 좋아해!

TIP

여러 명이 함께 플레이하기

모든 게임을 아이와 같이 플레이할 수 있는 것은 아니다. 게임에 따라 플레이할 수 있는 인원수가 제한되어 있기 때문이다. 예를 들어 <젤다의 전설: 브레스 오브 더 와일드>는 1인 플레이만 지원하는 게임이다. 반면 <슈퍼마리오 오디세이>는 최대 2명까지 동시에 플레이할 수 있다. 구매하려는 게임이 다인용 플레이를 지원하는지 확인하려면, 닌텐도 스위치 공식 홈페이지에 접속해보자. 홈페이지에서 해당 게임 제목으로 검색하면, 게임에 대한 정보를 확인할 수 있다. 이 중에서 '플레이 인원수' 항목을 살펴보면 된다. 물론 다인용 플레이에도 여러 유형이 있다.

경쟁

플레이어끼리 겨루는 유형이다. <마리오 카트>, <커비의 드림 뷔페>와 같이 레이싱을 통해 경쟁하는 게임도 있다. 경쟁 게임을 통해 성취감을 느끼는 것도 중요하지만, 졌을 때도 상대에게 박수 쳐 줄 수 있는 태도도 익힐 수 있다. 이걸 알게 된 건 소해의 친구 민하 덕택이다. 민하가 게임에서 이긴 소해에게 "축하해, 너의 승리야"라며 축하해주었던 것을 계기로 우리에게도 '축하' 문화가 생겨났다. 그날 기쁘게 축하 받은 것이 퍽 인상적이었는지, 소해도 그 이후에는 자신이 져도 크게 실망하지 않고 '엄마 축하해'라고 인사를 건네기 시작했다.

협력

플레이어끼리 동료가 되어 공동의 목표를 달성하는 유형이다. <마리오 오디세이>의 경우에는 '마리오'와 '캐피'를 각각 나누어 플레이할 수 있고 <별의 커비 디스커버리>는 '커비'와 '반다나 웨이들 디'를 각각 조종할 수 있다. 이 경우 전투 합이 맞는 게 중요하기 때문에 본격적으로 적과 싸우기에 앞서 여러 차례 연습하는 것을 권장한다. 처음엔 그저 즐거운 마음으로 게임을 시작했다가도 합이 맞지 않아 몇 번이고 적에게 패배하게 되면 양육자나 아이나 서로에게 짜증을 낼 수 있으니 주의하자.

공존

플레이어가 같이 플레이할 수는 있으나, 목표를 달성하거나 경쟁한다기보다 그저 같이 있는 것을 즐기는 유형의 게임이다. <동물의 숲>이 대표적이다. 함께 수영하거나 꽃을 심는 등 여러 활동을 함께 할 수 있다는 장점이 있지만, 마땅한 목표가 없으므로 플레이의 '끝'도 없다는 단점이 있다. 이 경우엔 얼마나 게임을 플레이할 것인지 시간을 미리 정해두면 좋다.

이 외에도 <마리오 파티>처럼 같은 팀끼리 협력하며 다른 팀을 견제(협력+경쟁)하는 게임도 있다. 이런 게임은 서너 명 이상이 함께 모여 플레이할 때 가장 재밌다. 가족 혹은 친구와 동반 여행을 가거나 생일 파티를 하는 등 특별한 날에 플레이해보자.

LOADING...

CHAPTER 2

동물의 숲

우리집의 아침은 정신 차릴 새 없이 바쁘게 돌아간다. 아직 잠에 빠진 아이를 흔들어 깨우고, 아이가 씻는 동안 아침밥을 차리고, 가방을 들려 등굣길을 함께하는 것까지 빠른 시간 내에 완수해야 하기 때문이다. 그러나 아이가 학교에 가지 않는 방학에는 우리만의 여유로운 아침 루틴이 가동된다. 일단 일어나자마자 닌텐도 게임인 〈모여봐요 동물의 숲〉을 켜는 것이 그 시작이다. 어떻게 눈 뜨자마자 게임을 하냐고? 아니, 게임이 아니라 체조를 하기 위해서다. 〈모여봐요 동물의 숲〉에서는 섬에 거주하는 주민들을 불러 모아 아침마다 그룹 체조를 할 수 있다. 마을회관 앞에 있는 라디

오를 작동시키면 섬에 있는 동물 주민들이 다 함께 모여 아침체조를 시작한다. 소해와 나도 컨트롤러를 손에 쥐고 구령에 맞춰 하나 둘, 하나 둘, 몸을 움직인다. 스트레칭 수준의 2분 남짓 짧은 체조지만, 잠이 덜 깬 아이와 하루를 즐겁게 시작할 수 있는 좋은 방법이다. 동물 주민들과 느릿느릿 몸을 움직이며 체조하면, 찌뿌드드했던 몸도 조금씩 깨어난다.

<동물의 숲>은 닌텐도 타이틀 중에서도 대중적으로 인기가 많은 시리즈다. 조그마한 전자수첩같이 생긴 닌텐도DS가 출시되었을 시절부터 <동물의 숲>은 우리나라에서 선풍적인 인기를 끌었다. 닌텐도DS 전용으로 출시된 게임의 제목은 <놀러오세요 동물의 숲>이었다. 이 당시 동물의 숲에서는 플레이어들이 게임 안에서 백화점이나 상점, 마트와 같은 현대식 공간을 만들고 꾸밀 수 있었다. 게다가 닌텐도DS를 갖고 있는 다른 플레이어를 내 공간으로 초대하는 것도 가능해서, 사람들은 저마다 자신의 카페와 상점 등을 예쁘게 꾸민 뒤 다른 친구를 불러 함께 즐기곤 했다. <놀러오세요 동물의 숲>의 인기는 가히 엄청나서, 지하철에서도 닌텐도DS로 <놀러오세요 동물의 숲>을 플레이하는 사람들을 심심찮게 발견할 수 있을 정도였다.

닌텐도DS가 유행처럼 퍼지던 시절에는 나도 <놀러오세요 동물의 숲>이 너무 하고 싶어 발을 동동 구르고 있었다. 닌텐도DS를 구매할지 말지 계속 고민했지만, 그땐 그만한 경제적 여유가 없었다. 이제 막 사회생활을 시작한 사회초년생의 경제력이란 지갑 어딘가에 구멍이 뚫린 것처럼 돈이 줄줄 새기 마련이었으니까. 닌텐도DS에서 눈을 떼지 못하기는 했지만, 얇은 지갑을 털긴 쉽지 않았다. 대신 때마침 출시된 모바일 게임 <아이러브커피>에서 카페를 열고 꾸미는 것으로 아쉬운 마음을 달랬다.

이런 마음의 역사가 있어서 그랬는지, <모여봐요 동물의 숲>이 출시되었을 때 나는 '드디어 내 게임이 왔다!'고 생각했다. <놀러오세요 동물의 숲>을 하지 못했던 만큼, 아니 그 이상으로 더 아름답고 세련된 인테리어를 꾸며보리라 굳게 다짐하며 게임을 구매했다. 섬 이름은 어떻게 지을까, 언젠가 한 번쯤 가고 싶었던 초승달 모양의 섬 '몰로키니'나 모아이 석상이 있는 '이스터섬'으로 할까? 게임팩을 안고 돌아오는 길에 행복한 마음으로 고민에 빠져들었다. 당시엔 섬 이름 뒤에 '섬' 또는 '도'가 접미사로 붙는 기능을 이용해 '딤 섬'이라거나 '나만고양이없 섬', '크라운산 도' 등 재미있는 이름으로 짓는 것도 유행이었다. 이름부터 시작해 섬의 외관까지 내 취향대로 꾸며 낼 생각에 한껏 들떠 있었다.

그러나 그게 어디 내 맘대로 되던가. 원하는 대로 이름을 지을 수 있다는 생각은 커다란 오산이었다. 닌텐도 스위치의 게임들은 대체로 플레이어마다 자신의 계정을 만들어 독립적인 플레이를 할 수 있지만, 〈모여봐요 동물의 숲〉만큼은 달랐다. 이 게임에서는 계정을 여러 개를 만들더라도 섬은 딱 하나만 만들 수 있었다. 플레이어들은 같은 섬을 공유하며 함께 섬을 꾸미고, 운영해야 한다. 물론 각자의 집은 서로가 알아서 관리할 수 있었지만, 섬만큼은 함께 살아가는 공공재였다.

그러다 보니 〈동물의 숲〉을 앞으로 같이 플레이할 소해의 의견도 반영할 수밖에 없었다. 이스터섬, 몰로키니섬의 풍경을 인터넷에서 찾아 보여주며 너무나 아름답지 않은지 물었지만 소해는 단호하게 고개를 저었다. 이스터섬의 모아이는 무섭게 생겼고, 몰로키니는 바위밖에 안 예쁘다며 그런 섬엔 가고 싶지 않다고 했다. 대신 소해가 내민 이름은 '과일과일 섬'이었다. 동물 주민들이 따 먹을 수 있는 과일이 아주 많았으면 좋겠다며 해맑게 웃었다. 나의 완패였다. 내겐 소해의 의견을 꺾을 변명거리가 없었다.

섬 이름은 중요하지 않다고 애써 마음을 다잡으며 경관이라도 잘 꾸며봐야겠다고 생각했다. 그러나 이마저도 쉽지 않았다. 처음 <동물의 숲>을 시작할 때 섬에 있는 거라곤 조그마한 텐트 하나와 바위나 나무, 꽃과 같은 자연물들뿐이다. 텐트가 아니라 집을 만들기 위해서는 너구리에게 돈을 빌려 건축 자금을 마련해야 한다. 아니면 나무에서 과일을 따거나 물고기를 낚고, 가구를 만들 수 있는 '레시피'를 익힌 후 가구를 제작해 파는 방식으로 돈을 벌 수도 있다. 너구리에게 빌린 돈을 갚고 나면 다시 대출을 받아 집 크기를 또 넓힐 수 있다. 처음에는 원룸이지만, 나중에는 투룸으로, 더 돈을 벌고 나면 이층집으로까지 집을 확장할 수 있다.

나무에서 과일을 따서 가게에 팔고, 너구리에게 돈을 빌려 집을 사고, 대출금을 갚으면서 가구와 옷을 사서 채워 넣는 일이 매일매일 쳇바퀴 타듯 반복됐다. 그 과정에서 밀이나 감자를 경작하기도 하고, 요리를 배우기도 하고, 옷을 만들어 입거나 낚시하는 귀여운 활동도 했지만, 두 달 정도 지나자, 이 모든 게 더 없이 시시해졌다. 무엇보다 내가 이미 현실에서 아주 고통스럽게 견디며 하는 일들을 왜 게임에서까지 하고 있는지 이해가 가지 않았다. 회사에서 업무를 열심히 쳐내며 월급을 받아 대출을 갚는데, 집에 돌아와서는 과일을 따 모으며 너구리에게 빌린 주택담보 대출을 갚고 있다니. 제때 잡초나 꽃을 뽑아내지 않으면 어느덧 땅이 온통 풀로 뒤덮여버리기 십상이었기 때문에 잡초 뽑는 일도 열심히 했다. 그것은 노동이었다.

반면 아이는 태평했다. 태평하다 못해 나태했다. 너구리에게 빌린 돈을 갚아야 한다는 생각도 없는 불량 채무자였고, 집을 굳이 늘려야 한다는 생각조차 없었다. 수집한 아이템들을 집에 보관하려면 집이 넓어야 하는데 아이는 집이 좁아 아이템을 저장하지 못하니 대신 섬 한구석에 벽을 쌓고 자기만의 창고를 만들었다. 그 안에 안 쓰는 아이템들을 몰아넣고 때마다 꺼내왔다. 마을 한복판에 온갖 아이템을 너저분하게 던져놓았던 때도 있었다. 물고기, 가구, 곤충 같은 것들이 아무렇게나 놓여 있어서 그걸 치우는 것도 나의 일이 되었다.

예쁜 섬을 만들고 싶은 내게 아이의 플레이 방식은 죄다 눈엣가시였다. 나는 내가 나름대로 정한 구획

대로 바닥 타일을 예쁘게 깔고 그 사이로 나무를 심어 아늑한 숲길을 조성하고 싶었는데, 내가 심어 놓으면 아이가 뽑기 일쑤였다. 왜 나무를 잘랐냐 물으니 자기가 만들고 싶은 아이템이 있는데 목재가 부족해서 잘랐다고 했다. 어렵게 복숭아를 구해 복숭아나무 숲을 일궈 놨는데 하루아침에 없어진 적도 있었다. 이때는 정말 머리끝까지 화가 났다.

"엄마가 복숭아 숲 건들지 말랬지!" (경숙)

(소해) **"이 게임은 같이 하는 거잖아!"**

미안하다고 말하면서도 아이는 도리어 큰소리를 냈다. 나는 더 예쁘고 정돈된 숲, 아름다운 섬을 만들고 싶었다. 그러나 아이의 욕망은 달랐다. 아이는 섬의 전체적인 미관보다는 순간순간 하고 싶은 일에 더 충실한 플레이를 했다. 한참 플레이가 부딪히며 갈등이 고조될 무렵, 아이에게 물었다.

"넌 도대체 이 게임이 뭐라고 생각해?"

이 물음의 속내에는 '이건 인테리어 게임이야. 게

임 본연의 플레이를 하는 엄마를 방해하지 마!'라는 외침이 들어 있었다. 아이는 의외의 대답을 했다.

소해 **"이건 재밌는 동물 주민들과 함께 사는 거야. 아무거나 해도 되는 평화로운 게임!"**

대답을 듣는 순간 망치로 맞은 것처럼 뒤통수가 얼얼해졌다. 아이의 말이 옳다. 〈모여봐요 동물의 숲〉은 인테리어 게임이 아니다. 전작 〈놀러오세요 동물의 숲〉처럼 공간을 예쁘게 꾸미고 다른 사람들을 놀러 오게 하는 게 아니라, 동물 주민들과 모여 화목하고 느긋하게 지내며 휴양을 즐기는 게 목적이다. 〈동물의 숲〉은 우리의 살아가는 현실의 시간과 연동되어서 해가 떴다가 지고, 계절에 따라 섬의 땅과 나무들이 천천히 변한다. 현실 세계에서 가을이 오면 게임 속 나무들도 단풍이 들고, 눈 내리는 겨울이 되면 게임에서도 눈이 쌓이기 시작한다. 실제 시간에 맞춰 아주 천천히 변화하는 〈동물의 숲〉은 그저 이 시간을 평화롭게 즐기라고 말해주는 것 같다.

소해는 도대체 동물의 숲에서 뭘 하고 노는지 지켜봤다. 아이는 주로 곤충도감과 생물도감을 채우고 있었다. 이 게임에서는 계절마다 채집할 수 있는 곤충이 다르고, 낮과 밤에 잡히는 물고기가 다르다. 소해는 잠자리채를 들고 곤충을 잡거나 낚싯대를 들고 물고기를 낚으면서 자기가 만난 새로운 생명체에 대해 배워갔다. 아이가 이 게임에서 가장 많이 방문하는 곳은 박물관이었다. 새로운 공룡 화석을 발굴하거나 곤충 등을 잡으면 박물관에 기증할 수 있는데, 기증하고 나면 박물관에 언제든 들러 내가 기증한 생물들이 잘 지내는지 관찰할 수 있다. 박물관에서도 소해가 가장 좋아하는 곳은 나비 정원이었다. 나비 정원에 가면 지금까지 아이가 잡아서 기증한 나비들이 떼를 지어 아름답게 날아다녔다.

소해는 다른 동물 주민의 집에 방문하는 것도 좋아했다. 우리 섬에는 아그네스(돼지), 아이리스(다람쥐), 아폴로(독수리), 초코(토끼), 바야시코프(당나귀)가 살고 있는데 저마다 성격과 취향, 말투가 다르다. 초코는 아이돌이 되고 싶어 하고, 아그네스는 세련된 인테리어를 자랑한다. 바야시코프는 운동을 아주 좋아하는 건강맨으로, 바야시코프의 집에 놀러 가면 언제나 바벨과 단백질 보충제를 발견할 수 있다. 간혹 운동기구 아이템을 습득할 때마다 바야시코프에게 선물하면 아주 좋아한다. 그에 반해 초코의 집은 알록달록 예쁘게 꾸며져 있고, 방문할 때마다 귀여운 옷이나 소품 등을 선물로 주기도 한다. 또 동물 주민들과 편지를 주고받을 수도 있는데, 나는 편지를 쓰는 게 의미가 없다는 생각에 한 번도 써보지 않았지만 소해는 주의 깊게 편지지를 고르고 누구에게 보낼지 고민하며 열심히 편지를 썼다. 서로 다른 동물 주민의 집을 구경하고, 그들과 간단한 게임을 하고, 선물과 편지를 주고받으면서 소해는 정말 이들과 함께 살고 있었다.

소해가 플레이하는 걸 지켜보고 있었는데 갑자기 소해는 컨트롤러 하나를 내게 나눠주더니 같이 플레이하자고 제안했다. 아닌 게 아니라 <동물의 숲>은 다른 계정의 플레이어를 호출하여 두 명의 캐릭터를 동시에 등장시킬 수 있다. 나는 지금껏 섬이 하나여서 불편하다며 계속 툴툴거렸는데, 오히려 다른 플레이어와 함께 섬의 생활을 즐기라는 제작진의 깊은 뜻이 있었는지도 모르겠다. 우리는 잠수복을 입고 바다로 들어가 마음껏 헤엄치며 바다포도와 미역을 따고 성게를 잡았다. 바다포도가 실제로 어떻게 생겼는지 궁금하다고 해서 게임을 하다 말고 갑자기 검색하여 바다포도를 찾아보기도 했다(나중에 바다포도를 기어코 먹어봤다! 오도독거리는 식감이 신기하다며 깔깔 웃었지만, 두 번 다시 사 먹지 않았다). 잠수를 마친 뒤엔 박물관에 있는 비둘기 카페에 들어가 커피를 마셨다. 소해가 호탕하게 "오늘 커피는 내가 낼게"라며 내 커피값까지 대신 내주었다. 진짜로 커피를 나눠 마신 것처럼, 평화롭고 따뜻했다.

잠깐, 인테리어에 대한 욕심은 내려놓았냐고? 몇 년을 기다려왔는데 여기서 포기할 수는 없지. 대신 나는 <모여봐요 동물의 숲>의 확장팩인 <해피 홈 파라다이스>를 샀다. 확장팩을 구매하면 기존 게임에서 추가로 플레이할 수 있는 시나리오가 생겨난다. <모여봐요 동물의 숲>에서는 섬에서 그저 놀기만 하면 되지만, <해피 홈 파라다이스>는 다른 섬으로 출장을 가는 스토리다. 다른 섬에 가서 그 섬의 동물 주민들이 원하는 대로 별장을 마음껏 꾸며줄 수 있고, 더불어 그 섬에 있는 카페, 병원, 레스토랑 등을 취향껏 디자인할 수도 있다. 무엇보다 좋은 건 계정마다 섬이 분리되어 있어 소해의 캐릭터가 내가 일하는 섬에 놀러와 인테리어를 망칠 수 없다는 데에 있었다. 말하자면 '과일과일 섬'은 우리가 공유하는 베이스캠프가 되고, <해피 홈 파라다이스>는 우리가 각자 출근하는 일터가 되는 셈이다. 아이도 자기 마음대로 신나게 디자인할 수 있어 좋아했고, 나는 나대로 아이에게 방해받지 않으면서 마음껏 꾸밀 수 있어 만족스러웠다. 게다가 이 일터에서는 잡초 같은 건 뽑지 않아도 된다!

소해

"오늘은 호랑나비 엄청 많이 잡았어~!"

TIP

DLC란 무엇인가?

닌텐도 게임 타이틀을 구매할 때는 일반적으로 두 가지 방법이 있다. 하나는 실물 게임팩을 구매하는 것이고, 다른 하나는 다운로드 전용 디지털 콘텐츠(DLC, Downloadable content)를 구매하는 것이다. 전자는 게임칩을 실물로 소유할 수 있지만, 후자는 닌텐도 e스토어에서 구매하여 기기에 다운로드 하는 것이기 때문에 칩이 제공되지 않는다. 확장팩 같은 추가 콘텐츠는 많은 경우 DLC로만 판매된다.

실물이 있는 것과 없는 것은 그 자체가 장점이자 단점이다. 게임칩이 있으면 더 이상 플레이하지 않는 게임을 중고로 판매할 수도 있지만, 칩을 잃어버리면 더 이상 게임을 플레이할 수 없다. 말 그대로 '실물'이 필요하기 때문이다. 실물 게임칩은 배송을 기다리거나 판매점에 방문해 사야 하지만, DLC는 e스토어에 접속해 다운만 받으면 되니 하고 싶은 게임을 그 자리에서 빠르게 플레이할 수 있다는 장점이 있다. 게임 로딩 속도가 조금 더 빠르다고 한다.

우리 집은 실물 게임칩을 선호하는 편이다. <모여봐요 동물의 숲>의 확장팩인 <해피 홈 파라다이스>는 게임칩 없이 DLC로만 판매되는 상품이어서 어쩔 수 없었지만, 가능하면 게임칩을 실물로 모으려고 한다. 게임칩이 있으면 친구들끼리 서로 게임을 빌려줄 수 있기 때문이다. 때때로 주말이 되면 우리집에 닌텐도 스위치를 하러 아이의 동네 친구들이 모이곤 하는데, 이때 서로 게임칩을 교환하는 '게임교류회'가 열리기도 한다. 서로 없는 게임칩을 빌려주고, 한 달 뒤에 만나 그간 플레이한 이야기를 조잘거리며 돌려준다. 한번은 빌려 간 친구가 게임칩을 돌려주면서 정성스럽게 편지를 쓰고 사탕과 젤리를 편지 봉투에 넣어주어서 감동한 적도 있다.

게임칩을 모으기 위해서는 별도의 게임칩 보관용 케이스를 마련하는 것도 좋다. 기본적으로 실물칩을 구매하면 칩을 수납하는 팩 케이스가 제공되지만, 팩 케이스는 부피가 생각보다 큰 데다 플레이할 때마다 꺼내기 번거로운 면이 있다. 그래서 우리는 팩 케이스는 따로 보이지 않는 곳에 두고, 게임칩을 모아놓을 수 있는 케이스를 구입해 게임칩을 보관한다. 그래야 게임칩을 쉽게 잃어버리지 않을 수 있다.

TMI. 닌텐도 게임팩은 아주 작고, 아주 쓰다.

아이가 작은 닌텐도 스위치 게임팩을 혹시라도 입에 넣을까 고민하는 이들이 있다. 닌텐도 스위치 게임팩은 사실 '먹방' 동영상까지 있을 정도로 그 '맛'의 유명세가 대단하다. 직접 해보지는 않았지만, 유튜버들에 따르면 혀를 대는 순간 어마어마하게 쓴맛이 몰려온다고 한다. '쓴맛의 왕'이라 불리는 화학물질인 '데나토늄 벤조에이트'를 게임팩 겉면에 발라 놓았기 때문이다. 어린아이가 입에 넣었을 때도 삼키지 않고 곧바로 뱉을 수 있도록 아주 원초적(?)이고 즉각적인 대처 방안을 해놓은 것이다. 어린아이를 고려한 것이기 때문에 건강에 해롭지는 않고, 게임팩을 만진다고 손에 묻지도 않는다. 다만 이를 확인하겠다고 일부러 혀를 대는 것은 권장하지 않는다.

CHAPTER 3

루이지 맨션 3

우리 가족은 놀이공원을 좋아한다. 정기적으로 놀이공원에 가는 정도는 아니지만, 갈 기회가 생기면 마다하지 않는다. 놀이공원에 입장하는 순간부터 화려하고 신나는 동화 속 나라의 일원이 되는 듯한 기분이 들곤 한다. 들뜬 마음에 동물 귀가 달린 머리띠를 쓰고, 여기저기 열심히 돌아다니며 츄러스도 사 먹고, 페스티벌도 가장 앞좌석에 앉아 구경하지만 정작 놀이기구는 거의 타지 않는다. 느릿느릿 적당히 흔들거리는 회전목마나 거울이 사방에 잔뜩 놓인 거울 미로 정도가 최선이다. 360도를 몇 번이나 빙글빙글 도는 롤러코스터, 하늘 높이 올라갔다 곤두박질치는 바이킹, 귀신 분장을 한 사람이 갑작스레 튀어나오는 귀신의 집은 상상하기도 싫다.

겁이 많은 건 우리 가족의 공통점이다. 남편도, 나도, 아이도 무서운 것을 질색한다. 놀이공원을 이렇게 많이 갔다면 한 번쯤은 타 봤을 법한 대관람차도 우리는 아직 경험이 없다. 스릴을 즐기는 놀이기구는 아니지만, 높은 곳까지 올라가는 게 아무래도 무서워서다. 한번은 가족이 다 같이 적당한 높이에서 배를 타고 미끄러지듯 내려오는 '신밧드의 모험'이라는 놀이기구를 탄 적이 있다. 다른 놀이기구에 비해 무섭다고는 할 수 없는 기구였지만, 소해도 나도 다신 타지 않겠다고 공언했다.

소해는 나보다도 겁이 더 많다. 심지어 〈겨울왕국 2〉에서 바위 거인이 안나를 쫓아가는 추격 장면이 너무 무섭다며 당장 극장 바깥으로 나가겠다고 울부짖었을 정도다. 귀신은 고사하고 긴장감 있는 음악이나 장면도 견디기 어려워한다. 그런 소해가 닌텐도 게임 가게에서 스스로 〈루이지 맨션 3〉를 해보고 싶다고 접어들었을 때 내 눈을 의심할 수밖에 없었다.

"이게 무슨 게임인지 알아?" 경숙

내가 깜짝 놀라 묻자, 소해는 태연하게 답했다.

"응! 이거 귀신 호텔에 가서 귀신 잡는 게임이야."

"너 귀신 싫어하잖아!"

소해는 괜찮다며, 자기보다 루이지가 귀신을 훨씬 더 무서워한다고 말하고는 까르르 웃었다. 아닌 게 아니라 〈루이지 맨션 3〉의 표지에는 손전등을 손에 든 채 잔뜩 겁을 집어먹은 표정의 루이지가 그려져 있었다. 소해가 정말 이 게임을 할 수 있을까 반신반의하며 게임팩을 구매했다. 너무 무서워 제대로 플레이하지 못한다면 바로 중고거래 어플에 올리려고 패키지와 구매 영수증을 모두 깨끗하게 보관해두었다. 그때까지만 해도 우리가 명절 연휴 내내 〈루이지 맨션 3〉만 하며 시간을 보낼 줄은 몰랐다.

〈루이지 맨션 3〉는 마리오의 동생 루이지가 주인공이며, 약한 수준의 공포 요소가 있는 게임이다. 게임은 갑작스레 날아든 호텔 초대장을 받고 키노피오와 피치공주, 마리오와 루이지 형제가 다함께 신나게 놀러 가는 장면으로 시작된다. 마리오 일행들은 황금색으로 빛나는 으리으리하고 근사한 호텔에 각자 방을 배정받아 짐을 풀고 편안한 시간을 보낸다. 여독을 풀기 위해 루이지가 침대에 누워 잠깐 눈을 붙이는데, 잠시 뒤 눈을 떠보니 낮에 보았던 아름다운 호텔은 온데간데없고 사방이 온통 흉측하고 괴기스러운 폐가로 변해 있었다. 알고 보니 이 호텔은 루이지에게 복수하기 위해 건축된 공간이었다. 낮에 만났던 호텔의 지배인과 직원들은 모두 사람의 탈을 쓴 유령이었다. 마리오, 피치공주, 같이 온 키노피오들까지 모두 액자 속 그림이 되어버린 상황에 루이지만 홀로 간신히 탈출한다.

루이지의 미션은 액자에 갇힌 일행을 구해내는 것이다. 지하 2층부터 13층까지 있는 이 호텔을 샅샅이 뒤져 동료들을 찾아야 한다. 다만 다른 층으로 이동하기 위해서는 엘리베이터를 꼭 이용해야 하는데, 엘리베이터에는 가야 할 층을 누르는 버튼이 몽땅 다 빠져버린 상태다. 버튼은 유령들이 갖고 있으므로, 갈 수 있는 층의 보스 유령을 퇴치해야 다른 층으로 이동할 수 있다. 그런데 루이지가 워낙 심약한 데다 겁도 많고 잘 놀라는 편이라, 버튼을 애써 찾아내 잡아줘도 금방 다른 유령에게 도둑맞는다. 이 때문에 플레이하다 보면 소리를 빽 지르게 된다.

소해 **"아 제발, 이제 그만 손가락에 힘 좀 줘! 버튼 그만 잃어버리라고!"**

공포 게임이라는 이유로 마음을 졸였건만, 이 게임은 생각만큼 무섭지 않았다. 루이지가 더 무서워한다는 아이의 말이 맞았다. 매층 엘리베이터 문이 열릴 때마다 무언가 튀어나올까 봐 심장이 두근거렸지만, 나보다 한 발 더 앞서 놀라는 루이지 때문인지 그렇게까지 무섭지 않았다. 소해는 귀신이 튀어나와 놀랄 때도, 루이지가 놀라는 모습이 자기와 똑 닮아 너무 우습다며 배꼽을 잡고 웃어댔다.

사실 지금까지 숱한 마리오 시리즈를 접하면서, 루이지를 좋아한 적은 단 한 번도 없었다. 그도 그럴 것이 루이지는 마리오 시리즈 안에서 그다지 큰 활약상을 보여주지 못하는 캐릭터다. 루이지는 용기도 없고 체력도 약하고 언제나 실수투성이다. 반면 마리오는 항상 강인하고, 어떤 일이 일어나든 담담한 표정으로 해결한다. 키는 작지만 단단하고 다부진 마리오와 달리 루이지는 마치 종이인형처럼 몸이 팔랑거리고, 늘 겁에 질려 있다. 물론 그에게도 나름의 활약상이 있다. 항상 소 뒷걸음치다 쥐 잡는 격으로 중요한 단서나 아이템을 획득하여 마리오에게 전달하던 이가 바로 루이지였다. 그러나 주인공은 마리오이고 루이지는 어디까지나 돕는 역할이었다.

그런 루이지가 〈루이지 맨션 3〉에서는 동료들을 구하기 위해 유령이 드글드글한 호텔을 홀로 탐험한다. 루이지는 주인공이지만, 마리오와는 사뭇 다르다. 문을 열면서는 떨리는 목소리로 “헬…로?”라고 말하고, 가끔은 구슬픈 목소리로 마리오를 찾으며, 항상 오돌오돌 몸을 떤다. 보기 안타까울 정도지만 그런 루이지의 모습이 오히려 용감해 보이기도 한다. 무서운 것을 끔찍하게 싫어하는 데도 동료를 어떻게든 구하겠다고 마음먹으면서 용기를 그러모으고 있지 않은가.

소해는 가끔 이런 말을 하곤 했다.

소해 **“나는 아마 영웅은 안 될 거야. 겁도 많고 힘도 약하니까.”**

모두가 영웅이 될 필요는 없고, 영웅이 되어야 한다고 말한 적도 없었지만, 아이가 저런 말을 할 때마다 마음 한구석이 아파왔다. 그렇다고 ‘아냐, 너도 영웅이 될 수 있어!’라고 힘주어 이야기하는 것도 주저됐다. 힘이 약해도 영웅이 될 수 있다고 말해야 하나, 아니면 힘을 같이 기르자고 해야 하나. 아이가 그런 말을 하면 고민하다가 “엄마도 겁 많고 힘은 약한 걸” 하고 공감해주는 게 다였다. 그러나 〈루이지 맨션 3〉

에서 만난 루이지는 힘도 약하고 겁도 많지만 분명한 '영웅'이다. 겁이 많든 적든, 힘이 세든 약하든, 다양한 사람이 상황에 따라 위기 순간을 해결할 수 있는 주인공이 될 수 있다는 사실은 아이에게 실제로 큰 용기를 준 것 같았다. 겁 많은 아이가 무서워할까 봐 걱정하며 구매했던 게임이 도리어 아이가 갖고 있던 콤플렉스를 바라보는 새로운 관점을 열어준 셈이다.

맨몸으로 몬스터를 해치우는 마리오와 달리, 싸움을 잘하는 캐릭터가 아닌 루이지는 도구를 사용한다. 루이지는 가장 먼저 '아라따박사'를 구출하는데, 이후 한 청소기를 닮은 특제 무기 '유령싹싹'을 이용해 유령을 물리치게 된다. 유령싹싹은 유령을 찾아내고 빛을 비추어 얼어붙게 한 다음, 청소기 본연의 특징답게 유령을 싹 빨아들인다. 루이지는 등에 무거운 청소기를 메고 동료를 찾으러 호텔 이곳저곳을 탐색한다.

1인 플레이 위주로 해야 하는 <슈퍼마리오 오디세이>와 달리, <루이지 맨션 3>는 1인 플레이도 가능하다. 하지만 두 명이 합심하여 플레이할 때 훨씬 더 수월하게 스테이지를 완수할 수 있다. 처음부터 두 명이 함께 플레이할 수 있는 건 아니다. 혼자 어느 정도 스토리를 진행한 뒤 아라따박사가 청소기를 업그레이드해주면 구미(gummy) 타입의 루이지인 '구이지'가 새로 생겨난다. 구이지는 구미 젤리처럼 말랑말랑한 몸을 갖고 있어서 루이지가 지나갈 수 없는 철창이나 하수구 사이를 손쉽게 드나들 수 있다. 또한 함정에 걸리거나 가시에 찔려도 체력이 줄어들지 않고, 적에게 공격당해 죽더라도 금세 복원된다. 임무를 수행하기 위해서는 구이지와 루이지의 긴밀한 협력이 필요하다. 말랑하고 유연한 구이지가 철창 안에 있는 열쇠를 가져오거나 좁은 배관을 지나 반대편에서 문을 열게 해야 루이지가 스테이지를 무사히 완수할 수 있다. 때로는 루이지와 구이지가 양쪽에 서서 타이밍을 맞춰 함께 줄을 잡아당기는 등 두 명이 같이 합동 작전을 펼쳐야 한다.

소해와 나는 루이지와 구이지를 나누어 맡으면서 부쩍 친해졌다. 많은 게임을 같이 했지만, 이렇듯 긴밀하게 협동 관계를 이룬 적은 많지 않았다. 주로 소해가 구이지를, 내가 루이지를 맡았다. 내가 가지 못하는 곳엔 소해가 먼저 뛰어들고, 소해가 하지 못하는 일은 내가 해내면서 손발을 맞췄다. 미션을 하나둘 수행하고, 그럴 때마다 신나게 하이파이브를 하며 호텔을 샅샅이 돌아다녔다. 그러자 어느덧 소해와 나 사이에는 함께 전쟁터를 거쳐 온 것만 같은 진한 유대감, 이른바 '전우애'가 생겨났다.

〈루이지 맨션 3〉는 무엇보다 소해가 즐거워할 만한 요소로 가득차 있었다. 일종의 방탈출 게임과도 같은 구성이어서, 플레이어들은 방안 곳곳에 숨겨져 있는 단서를 유심히 살피며 미션을 완수해야 한다. 이 단서를 찾는 과정이 꽤나 곤혹스럽다. 휴지통이나 옷장, 서랍 하나하나 다 열어 봐야 하기 때문이다. 방 안에 있는 사물들을 그냥 보아 넘기지 않고, '이게 도대체 왜 여기 있지?' 생각해야 답이 나온다.

관찰과 탐색을 위해서는 어떤 것이든 일단 건드려 봐야 한다. 유령싹싹 청소기를 이용해 여기저기 바람도 날려보고, 라이트를 비춰보기도 하고, 빨판을 던져 당겨보기도 해야 한다. 한번은 욕조 안에 고양이가 숨어든 적이 있었다. 고양이가 엘리베이터 버튼을 삼켜버린 탓에 그 고양이를 꼭 잡아야만 했다. 단 욕조 안에 루이지나 구이지가 직접 들어갈 순 없었고, 바깥에서 고양이를 유인하자니 그럴 만한 물건도 없었다. 도대체 어떻게 고양이를 꺼내야 하나 궁리하며 아이와 함께 여기저기 탐색하던 중, 아이가 우연히 수도꼭지를 향해 바람을 날렸다. 그러자 수도꼭지가 아주 천

천히 돌아가기 시작했다. 이거다! 나와 아이가 함께 달라붙어 수도꼭지에 바람을 열심히 불어넣었다. 고장난 줄로만 알았던 수도꼭지가 돌아가며 욕조에 물이 차오르자, 물을 싫어하는 고양이는 비명을 지르며 욕조 밖으로 뛰쳐나왔다.

방탈출 게임이라면 비슷한 공식이 반복될 것 같지만, 〈루이지 맨션 3〉의 호텔 각층은 모두 다른 콘셉트로 꾸며져 있어 매번 해답을 새롭게 생각해내야 했다. 꽃과 식물이 가득한 정원이 있는 층에서는 식물들을 요리조리 건드려보면서 답을 찾아야 하고, 영화 스튜디오로 꾸며진 곳에서는 카메라를 들여다보기도 해야 한다. 모든 층이 서로 다르게 꾸며져 있어 방마다 놓인 사물도, 퇴치해야 하는 유령도 달랐다. 이를 해결하기 위해서는 매번 소해와 함께 복도나 방안에 있는 사물 하나하나 꼼꼼하게 관찰하며 아이디어를 주고받아야 했다.

"이건 왜 여기 있지? 뭔가 쓸모가 있을 것 같은데." 경숙

소해 **"엄마, 이걸 당겨야 하는 거 아닐까?"**

나도 아이도 정답을 알지 못하는 상황에서 이것

저것 생각하고 대화 나누며 답을 찾아가는 그 과정 자체가 좋았다. 사실 정 풀리지 않으면 유튜브나 인터넷에서 공략을 찾아볼 수 있었지만, 굳이 그렇게 하지 않았다. 우리끼리 머리를 맞대고 토의하는 그 시간 자체가 게임의 한 요소였기 때문이다. 아이가 정답을 맞추면 '이거 봐, 내가 맞았지?'하며 자랑스러워 하는 모습이 귀엽고 예뻤다. 반대로 내가 추리했던 것이 맞아 떨어지면 아이가 나를 한껏 칭찬해줬다.

소해 **"엄마, 진짜 잘했어!"**

이 게임을 하는 시간 동안 우리는 서로 칭찬과 격려를 주고받으며 탐험을 계속 해나갔다.

<루이지 맨션 3>는 확실히 잘 만든 게임이다. 그러나 솔직히 가끔 지루할 때도 있다. 처음에는 재미있기도 하고 신기하기도 해서 무려 여덟 개의 층을 이틀 사이 모두 클리어했는데, 지하 2층에서 고전을 면치 못했다. 하루 종일 비슷한 곳에서 죽고 다시 시작하길 반복하다가 나중엔 스트레스를 받으면서까지 계속 해야 하는지 생각이 들 정도였다. 마음 같아서는 단숨에 액자에 갇힌 동료들을 모두 구하고 싶었지만, 일주일

이 넘도록 우리의 루이지와 구이지는 지하 2층에 갇혀 있다. 그것도 관리인 유령이 모든 수로 파이프를 열어놓고 도망가버려서 맨몸으로 이동할 수 없어 고무 오리 튜브에 몸을 맡긴 채로. 아무래도 이번만큼은 공략법을 찾아봐야 할지도 모르겠다.

소해

"마리오는~점프하는데~루이지는~
점프못한데요~ㅋㅋ메롱~~~~~ ㅋㅋㅋㅋ
ㅋㅋㅋ(>_<)"

TIP

광과민성 증후군을 주의할 것

광과민성 발작(Photosensitive Epilepsy)이란 어두운 곳에서 순간적으로 번쩍거리는 조명 효과에 놀라 발작을 일으키는 현상이다. 이 현상은 뇌전증의 일종이며, 발작하지 않더라도 현기증이나 시력 변화, 눈이나 얼굴의 경련, 방향감각 상실 등의 증상이 나타나기도 한다. 특히 영화나 드라마, 게임, 애니메이션 등 영상을 활용한 미디어에서 이러한 광과민성 발작이 일어나는 일도 있다. 이런 현상이 나타나면 즉시 영화 시청이나 게임 플레이를 중단하고 병원으로 가야 한다.

TV 애니메이션으로 인해 광과민성 발작이 대규모로 일어난 사례도 있다. 바로 1997년 12월 일본에서 일어났던 '포켓몬 쇼크' 사건이다. 당시 TV에서 방영하고 있는 <포켓몬스터> 애니메이션에서 빨간색과 파란색이 순식간에 바뀌며 번쩍거리는 특수효과가 있었는데, 이 때문에 <포켓몬스터>를 시청하고 있던 아이들 가운데 무려 600명이 넘는 인원이 발작을 일으켰다고 한다. 더러는 응급실에 실려 가기도 했다. 그 이후부터 애니메이션을 시청할 때는 스크린과 어느 정도 거리를 두고 주변 조명을 밝게 한 뒤 보라는 안내 문구가 삽입되었다. 국내에서는 영화 <크루엘라>가 개봉할 당시에는 상영관 입장 전 '감광성 뇌전증 혹은 광과민성 발작 같은 예민한 관람객들에게 영향을 줄 수 있는 몇몇 섬광 장면이 포함'되어 있으니 유의하라는 안내가 있었다.

<루이지 맨션 3>에서도 루이지가 번쩍거리는 청소기를 사용하는 데다(섬광을 이용해 유령을 얼리는 것이 루이지의 주요 공격 중 하나다) 주변이 온통 어두컴컴한 호텔이라 화면이 전체적으로 어두운 편이다. 이 때문에 아이와 <루이지 맨션 3>를 플레이할 때는 반드시 주변을 밝게 조성하는 걸 권장한다. 우리는 이 게임을 대체로 거실에서, 낮 시간대에만 하고 밤에는 이 게임을 하지 않았다. 어린이도 충분히 할 수 있을 정도로 공포의 수위가 높지 않기는 하지만, 아무래도 유령이 등장하는 데다 귀여운 고양이가 갑자기 괴물로 변하는 등 몇몇 사람을 깜짝 놀라게 하는 효과가 포함되어 있으므로 너무 연령대가 낮은 어린 아이와 함께하는 것은 권장하지 않는다.

CHAPTER 4

별의 커비

우리 가족은 모두 커비를 어마어마하게 사랑한다. 소해는 새로 산 스케치북에는 언제나 첫 장에 커비를 그린다. 나는 모든 소셜미디어 계정의 프로필 사진을 커비로 설정해 놓았다. 우리 집에는 지금까지 우리가 모은 커비 인형과 피규어를 잔뜩 전시해 둔 '커비존'도 있다. 별의 커비 30주년을 기념하여 열린 팝업 스토어에서 산 인형과 한 편의점 브랜드에서 한정 출시한 커비 피규어들을 차곡차곡 모아 낸 공간이다. 커비존에는 햄버거 모양을 한 커비 피규어도 있는데, 'Women Who Code Seoul'이라는 비영리 여성 IT 커뮤니티에서 강연을 하고 난 뒤 선물 받은 것이다. 동료 만화평론가도 일본에 놀러 갔다가 생각이 나서 사왔다며 커비 모양의 젤리를 한 아름 안겨줬다. 한 봉지는 뜯어서 먹었지만, 다른 하나는 먹기 아까워 전시해두었다.

둥글고 말랑한 분홍색의 커비는 어떻게 이토록 우리의 마음을 사로잡아버린 걸까? 사실 처음에는 커비의 외양이 너무 어린아이의 취향인 것 같아 게임 타이틀에 선뜻 손이 가지 않았다. 아이를 중심으로 플레이할 게임이라 하더라도, 나 역시 재미를 느껴야 하니까. 지금에서야 말하자면 나는 아이가 하는 모든 게임을 같이 하진 않는다. 예컨대 소해가 좋아하는 게임 가운데 <토카월드>가 있다. <토카월드>는 정해진 시나리오를 따라 진행되는 게임이 아니라 캐릭터를 종이인형처럼 갖고 놀 수 있는 역할극 무대를 제공하는 샌드박스 게임이다. 이 게임엔 퀘스트도 없고, 싸워야 할 적도 없다. 주어진 공간의 벽과 바닥재를 바꾸고 아이템을 여기저기 배치하는 게 전부다. 나도 꾸미는 걸 좋아하지만 그것은 어느 정도 게임 속 캐릭터나 시나리오와 맥락이 맞닿아 있는 경우다. <토카월드>는 지나치게 자유로워서 도리어 내겐 너무나 지루한 세계로 느껴졌다. 그러나 소해는 공간을 만들고, 캐릭터의 역할과 시나리오를 자신이 직접 설계하는 일이 퍽 즐거웠던 모양이다. 소해는 자신이 무대를 어느 정도 설치해 둔 다음에는 내게 캐릭터를 주며 일정한 역할을 해달라고 부탁했다. 예컨대 학교를 만들어 두고 '선생님 역할을 해 줘'하는 식이다. 소해가 만든 시나리오에 맞춰 역할을 건성건성 수행하면 아이는 제대로 하라며 버럭 화를 내고, 나는 나대로 최선을 다하고 있다며 짜증을 낸다. 서로 재밌자고 하는 게임이 갈등으로 번지는 순간이다. 어떻게 해도 상대가 재미를 느낄 수 없는 게임이라면 피차 안 하는 게 평화를 지키는 길 아닐까?

별의 커비 시리즈가 영 탐탁지 않았던 이유는 이 오랜 갈등의 역사 때문이었다. 별의 커비도 어딘가 〈토카월드〉처럼 스릴도, 액션도 없어 보였다. 별의 커비 홍보 영상에서는 '하트를 던져 적을 친구로 만들자'라는 문구가 나온다. 적을 물리치는 게 아니라 친구로 만든다니? 그 무슨 말랑한, 아니 물렁한 소리란 말인가. 하나부터 열까지 마음에 안 든다며 툴툴거렸지만, 결국 그 해 생일선물로 소해는 〈별의 커비 스타 얼라이즈〉를 골랐다. 아이가 직접 고른 자신의 생일선물인데 내가 훼방을 놓을 수 없어 가만히 있었지만, 속으론 정말 싫었다. 그런데 이게 웬걸, 막상 커비에 빠져버린 건 아이가 아니라 나였다. 처음엔 〈별의 커비 스타 얼라이즈〉로 시작했지만 곧이어 〈별의 커비 디스커버리〉를 내 용돈으로 샀고, 마지막으로는 〈커비의 드림 뷔페〉까지 구매했다. 이 세 가지 타이틀은 캐릭터와 세계관만 공유하는 게임으로, 이야기가 이어지지는 않는다. 조작 방법도, 세계관도, 장르도 다르다(그러니 아이가 〈별의 커비〉 시리즈 중 하나를 플레이한 다음 다른 타이틀을 또 사고 싶다고 하면 너그럽게 받아들여 주자).

그중에서도 아이가 가장 좋아하는 건 〈별의 커비 스타 얼라이즈〉다. 다른 시리즈와 차별화되는 스타 얼라이즈의 포인트는 '프렌즈', 즉 친구를 만들 수 있다는 점이다. 커비가 적에게 하트를 던지면, 적을 친구로 삼아 함께 모험을 떠날 수 있다. 최대 네 명까지 친구로 만들 수 있고, 그렇게 친구가 된 캐릭터는 자동으로 움직일 수도 있지만 컨트롤러로 직접 조작할 수도 있다. 이미 눈치챘을 수 있겠지만 〈별의 커비 스타 얼라이즈〉는 바로 여러 명이 함께 플레이하는 데에 초점을 맞춘 게임이다. 물론 혼자서도 플레이할 수 있지만, 친구들을 초대하거나 가족이 함께 둘러앉아 게임을 하면 더 큰 재미를 누릴 수 있다. 여럿이 함께 하면 늘 누가 주인공을 맡을지 갈등이 생겨나기도 하지만, 지금까지 여러 차례 사람을 초대해 〈별의 커비 스타 얼라이즈>를 해본 결과 주인공 '커비'와 다른 캐릭터의 조작 능력 편차가 크지 않기 때문에 큰 잡음 없이 역할을 나눠 가질 수 있다.

아이가 좋아하는 <별의 커비 스타 얼라이즈>는 나 또한 재미있게 플레이했다. 무엇보다 적을 해치우는 대신 친구로 만든다는 콘셉트가 신선하게 느껴졌다. 조금 전까지 나를 공격하던 적 캐릭터가 하트 한 번 맞고선 편을 바꿔 서는 모습이 처음엔 이상했지만, 이 프렌즈의 세계관이 꽤 흥미롭게 구성되어 있다는 사실을 이해할 수 있었다. 캐릭터들은 물, 불, 얼음, 칼 등 저마다 다른 공격 속성을 지니고 있는데 이 공격 속성을 조합하여 적재적소에 걸맞게 사용해야 스테이지를 완수할 수 있다. 예를 들어 활활 불타는 나무는 물 속성의 캐릭터로 물을 뿜어 불길을 잡아 내야 하고, 반대로 폭탄을 터뜨려 적을 해치워야 하는 경우엔 불 속성의 캐릭터가 화염으로 폭탄 심지에 불을 붙여야 한다. 칼을 든 캐릭터는 나무줄기나 노끈 등을 잘라서 스테이지 진행에 필요한 아이템을 획득할 수 있게 도와준다. 물, 불, 돌 같은 자연계 속성부터 마법사, 청소부, 화가 등 직업군(?)에 이르기까지 프렌즈의 속성은 천차만별로 다양하다. 프렌즈를 통해 때때마다 필요한 캐릭터를 조합하여 스테이지를 전략적으로 공략할 수 있을 뿐만 아니라 캐릭터들 사이의 시너지를 일으켜 능력을 증폭할 수도 있다.

많고 많은 프렌즈 가운데에서도 소해는 화가 모자를 쓰고 붓을 든 '아티스트'라는 캐릭터를 유독 좋아했다. 이 캐릭터는 붓을 휘둘러 적을 공격하는데, 캔버스에 그림을 그려 음식을 만들어내는 특수능력도 있다. <별의 커비 스타 얼라이즈>에서 음식은 체력을 회복 시켜주는 '포션'과 같은 역할을 한다. 과일이나 도넛, 빵 같은 음식을 먹으면 적에게 공격당해 깎인 체력도 금세 회복할 수 있다. 음식은 샵에서 구매하거나 미리 챙겨 놓을 수 있는 게 아니라 스테이지를 진행하며 드문드문 얻어 낼 수 있는데, 그에 반해 아티스트는 필요할 때마다 음식을 꺼낼 수 있으니 말하자면 팀의 공식 '힐러'인 셈이다.

하지만 원한다고 해서 항상 그 캐릭터를 플레이할 수는 없다. 자신이 원하는 프렌즈로 플레이하는 방법은 두 가지뿐이다. 하나는 신전이라 불리는 곳에서 원하는 캐릭터를 뽑는 방법이다. 그러나 룰렛을 돌려 고르는 탓에 원하는 캐릭터를 항상 뽑기는 어렵고, 원하는 게 나오지 않았다고 해서 다시 할 수는 없으므로 신중을 기해야 한다. 이 방법이 실패하면, 아티스트 속성의 몬스터가 등장하는 스테이지로 가서 해당 몬스터를 삼켜 능력을 흡수해야 한다. 우리는 대부분 룰렛에선 고배를 마셨기 때문에, 후자의 스테이지 클리어를 할 수밖에 없었다. 마치 메인 디시를 먹기 전에 애피타이저를 곁들이는 것처럼, 본격적으로 게임을 진행시키기 위해서는 그 전에 미리 아티스트가 등장하는 스테이지를 클리어해야만 했다.

한번은 이런 방식에 짜증을 버럭 낸 적이 있다. 왜 자꾸 아티스트만 고집하느냐고 말이다. 사실 아티스트의 공격 능력이 썩 대단한 편은 아닌 데다 결국 스테이지를 완수하기 위해서는 다른 캐릭터와의 조합이 필요하므로 애써 얻은 아티스트 능력을 버려야 하는 때도 있다. 그런 데도 아이는 오로지 아티스트만을 원했다. 내가 툴툴거리자 소해가 시무룩하게 말했다.

소해 **"나는 다른 프렌즈 도와주는 게 좋단 말이야."**

아이의 말을 들으니 불현듯 나의 어린 시절이 떠올랐다. 어린 시절 나는 어떤 게임에서나 고집스럽게 '마법사' 직업군을 택했다. 마법사 캐릭터는 체력이 약하고 근접 공격력이 강하지 않은 대신 원거리 공격이 가능하며, 자신의 체력을 스스로 회복시킬 수 있다. 마법사는 적과의 거리를 계산하며 전략을 짜고, 다음에 사용할 마법과의 조화를 쉴 새 없이 생각하며 전투에 임해야 한다. 나는 이렇게 전략을 짜는 게 좋아서 마법사를 선택하곤 했다.

반면 아이는 힐러 타입인 것 같았다. 특수능력으로 음식을 꾸준히 만들어내는 아티스트 캐릭터를 통해 필요할 때마다 다른 캐릭터의 체력을 회복시켜주는 형태로 플레이에 참여하고 싶어 했다. 자세히 보니 전체적인 프렌즈의 밸런스를 계산하며 유효타를 넣는 건 언제나 나였고, 그걸 보조하며 체력이 떨어진 캐릭터들을 챙기는 게 소해였다. 나는 아이가 전투에 서투르기 때문에 내가 대신한다고 생각했는데, 알고 보니 그저 성향 차이였던 것이다. "그런데 지금 네가 아티스트만 하고 있으면 다른 친구들을 못 도와주는데?" 그 말에 아이는 잠깐 생각하더니 알았다며 아티스트를 순순히 포기했다. 대신 다음 스테이지에선 다시 아티스트를 꼭 하는 조건으로.

<별의 커비 스타 얼라이즈>를 구매한 지 1년이 넘었지만, 아직 엔딩을 보지 못했다. 뒤로 갈수록 난

도가 높아지는 탓에 아이가 다음 스테이지에 도전하기를 손사래 치며 싫어했기 때문이다. 그렇다고 게임을 그만둔 것은 아니다. 이미 클리어한 스테이지를 또 하고, 또 플레이하면서 여러 속성의 프렌즈를 체험하고 조합을 시도하는 재미로 게임을 한다. 나도 여기에 썩 반론을 제기하지는 않는다. 게임의 목표가 꼭 엔딩일 필요는 없으니까. 가끔 어떤 양육자는 자녀에게 하나의 게임을 시작했으면 꼭 끝을 보라는 의미로, 엔딩을 보기 전까지는 새로운 게임 타이틀 구매를 금지한다고도 한다. 육아 방침에 대해 말을 얹기는 어렵지만, 적어도 내가 선호하는 방식은 아니다. 새로운 게임을 하기 위해 하기 싫은 게임을 억지로 플레이하는 아이를 보는 게 오히려 마음이 복잡할 것 같아서다.

우리는 <별의 커비 스타 얼라이즈>를 플레이하다 지겨워지면 <별의 커비 디스커버리>를 했다. <별의 커비 디스커버리>는 울창한 숲이나 아름답고 광활한 우주를 배경으로 하는 스타 얼라이즈와 사뭇 다른 분위기로 시작한다. 이 게임은 폐허가 된 문명 도시에서 시작한다. 멸망한 뒤의 세계, 이른바 포스트 아포칼립스이다. 부식된 콘크리트 벽, 나무와 잡초로 엉망이 된 대형 쇼핑몰, 통제 불능의 놀이기구들이 제멋대로 작동하는 기괴한 놀이공원, 빌딩 사이로 초목이 우거져 말 그대로 '빌딩 숲'이 되어버린 도시. 이 포스트 아포칼립스의 도시를 그저 돌아다니는 것만으로도 황폐하고도 아름다운 광경에 심미적 욕구가 채워진다.

〈별의 커비 디스커버리〉의 주인공은 당연히 '커비'이다. 커비의 친구인 '반다나 웨이들디'를 등장시켜 최대 두 명이 함께 플레이할 수도 있다(웨이들디는 별의 커비 세계관에 있는 커비의 오랜 친구들로, 〈별의 커비 디스커버리〉에서는 괴수들에게 붙잡힌다. 커비는 웨이들디를 구하기 위해 적과 싸운다). 이 게임에서 커비의 능력은 200% 이상 극대화된다. 커비는 어느 게임에서건 무언가를 빨아들여 자기 능력으로 만드는 캐릭터인데, 디스커버리에서는 적 캐릭터를 흡수할 뿐만 아니라 사물까지도 빨아들일 수 있다. 예를 들어 자동차를 머금으면 자동차의 능력 그대로 빠르게 달릴 수 있고, 전등을 입에 머금으면 어두운 곳을 비추며 나아갈 수 있다. 그 외에도 음료수 자판기를 머금어 적을 향해 음료수를 총알처럼 쏘아댄다거나(게다가 땅에 떨어진 음료수를 먹어서 체력을 회복할 수도 있다!) 끝이 뾰족한 삼각형의 트래픽콘을 머금어 거꾸로 점프한 다음 균열이 있는 땅을 아예 부술 수도 있다.

커비가 사물을 입에 머금어 능력을 발휘할 수 있다는 설정은 오로지 〈별의 커비 디스커버리〉에만 있다. 우리가 일상에서 흔히 사용하는 사물이 커비를 통해 새롭게 전유 되는 설정은 실로 흥미로워서, 〈별의 커비 디스커버리〉만큼은 어린이부터 성인까지 폭넓게 플레이할 수 있다. 특히 이 게임은 꼭 '엔딩'까지 보기를 권한다. 스포일러가 될 수 있어 자세히 말할 수는 없지만, 최종 보스가 누구이고 그가 왜 웨이들디를 잡아갔는지 알게 되면, 촘촘하게 짜여진 세계관에 새삼 감탄하게 된다.

나와 절친하게 지내는 친구의 딸도 닌텐도 마니아다. 가끔 다 같이 모여 닌텐도 게임을 하기도 하고 그림을 그리며 시간을 보내곤 하는데, 한번은 〈별의 커비 디스커버리〉의 설정을 두고 떠들썩하게 수다를 떨었다. 커비가 자동차도 머금고, 자판기도 입에 넣는데 저 빌딩도 머금을 수 있을까? 아이들은 그 질문만으로도 까르르 웃음보가 터졌다. 그러고선 "커비가 똥을 머금는다면?" 하며 둘이 다시 배꼽을 잡았다. 의자, 식탁, 책상, 컴퓨터 온갖 것을 커비에게 다 이입시켜보다가 나아가 지구를 머금으면 어떻게 될지 상상하며 그림을 그리기도 했다. 함께 게임을 하지 않더라도, 같은 게임을 플레이한 경험을 기반 삼아 서로 즐겁게 수다 떠는 모습이 정말이지 귀엽고 사랑스러웠다. 친구와 나도 만화에 대한 애정을 기반으로 친해진 일종의 '오타쿠'인데, 딸들도 서브컬처인 게임으로 관계를 쌓는 모습이 신기했다. 아무래도 오타쿠는 유전인 걸까? 내 헛소리에 친구는 다정하게 답했다. 그러게, 우리는 2대에 걸친 오타쿠 친구들인가 봐.

덧. <커비의 드림 뷔페>는 플레이어들끼리 레이싱 대결을 펼치는 게임으로, 2~4명이 함께 하기 좋다. 케이크나 햄버거, 도넛, 아이스크림 등 간식 위를 마음껏 달리며 딸기를 있는 대로 집어먹는 게임이다. 가장 많이 딸기를 먹은 플레이어가 우승한다. 아기자기하게 귀여운 데다 달콤한 디저트를 보며 괜히 행복해지기까지 하지만 게임을 하다 보면 나도 모르게 디저트를 먹고 싶어진다는 부작용이 있다. 이 게임을 할 때마다 케이크나 과자를 먹어대는 통에 체중과 혈당이 단기간에 급증한 사례(바로 나)가 있으니 주의할 것.

소해

"커비는 동글동글해서 귀여운 데다가
스토리까지 있어서 재밌어! 그리고
여럿이서 함께 할 수도 있어서 최고야"

TIP

캐릭터 굿즈, 직접 만들어보자

닌텐도 게임 시리즈는 캐릭터를 내세우는 타이틀이 많아서 대체로 '굿즈'가 많은 편이다. 인형부터 시작해 피규어나 자잘한 문구류까지 그 종류도 다양하다. 특히 <슈퍼마리오> 시리즈는 레고와 협업하여 마리오 게임의 효과음을 실제로 들을 수 있는 레고 블록을 출시하기도 했다. 게임 이외에도 부수적인 장난감이 많이 출시되어 있으므로 아이들이라면 누구나 현혹되기 쉽다.

본문에서도 언급하긴 했지만, 우리 집에는 '커비 존'이 있을 정도로 커비 피규어와 인형을 여럿 수집했다. 닌텐도 코리아 팝업 스토어에서 구매한 것들부터 대형 마트에서 흔히 볼 수 있는 3~5천 원짜리 랜덤 피규어도 있다. 우리 가족은 대체로 수집을 좋아하는 편이라, 수집하기로 정한 캐릭터 굿즈에 대해서는 자유롭게 구매하는 편이다. 물론 사고 싶은 사람이 자신의 용돈 범위 안에서 구매해야 한다. 그러나 '수집하기로 하지 않은 캐릭터'에 대해서는 야박하다. 우리 집에 '커비 존'은 있지만 '마리오 존'은 없는 이유다. 같은 캐릭터를 여럿 들여놓는 건 비교적 예쁘게 진열해 둘 수 있지만(물론 우리집의 기준이다), 서로 다른 캐릭터를 중구난방 구매하면 어떻게 진열해도 난잡해보여서 결국에는 애물단지가 될 수 있기 때문이다.

우리집에 다른 캐릭터가 들어올 수 있는 경우는 딱 하나다. 바로 손수 만드는 것이다. '슈링클 마술 종이'를 아시는지. 종이라기보다는 일종의 필름인데, 열을 가하면 단단한 플라스틱으로 변한다. 마리오를 갖고 싶으면 슈링클 마술 종이 위에 마리오를 그리고 가위로 오린 후에 오븐에 15분 정도 구우면 훌륭한 굿즈가 된다. 미리 구멍을 뚫어 놓으면 키링으로 걸 수도 있고, 지비츠 단추를 접착제로 붙여 지비츠로 만들 수도 있다. 우리 가족이 여름마다 애용하는 크록스에는 그런 방식으로 직접 제작한 지비츠가 늘 두어 개씩 달려 있다. 언제나 구매만 하는 '굿즈'가 아니라 나만의 방식으로 직접 만드는 것도 재미있는 놀이가 될 수 있다.

LOADING...

CHAPTER 5

마인크래프트

마인크래프트의 명성은 나도 익히 들어왔다. 만들고 싶은 건 무엇이든 한없이 만들 수 있다더라, 외국에선 교육에도 활용한다더라 하는. 하지만 내가 직접 해볼 생각은 없었다. 누군가에게는 사소할지도 모르지만, 가장 큰 이유는 그래픽 때문이다. 마인크래프트의 그래픽은 이른바 작은 정육면체가 쌓여 입체를 만드는 이른바 복셀(Voxel) 스타일로 아이들에게는 익숙하지만 내 눈엔 영 낯설었다. <슈퍼마리오 오디세이>에서는 눈부시게 아름다운 바닷가를 산책할 수 있고, <젤다의 전설>에서는 탁 트인 들판을 내달릴 수 있는데 굳이 복셀 하나하나가 눈에 밟히는 마인크래프트를 할 이유는 없었다. 사람도, 동물도 모두 각진 모습인 데다 어쩐지 아이템도 몬스터도 재미없어 보였다. 게임 속에서는 아름다운 세계를 보고 싶은 나로서는 마인크래프트가 영 못마땅했다.

그런 마인크래프트를 시작한 이유는 역시나 소해 때문이다. 초등학생 사이에서 인기가 많은 유튜버들이 주로 마인크래프트 인터넷 방송을 하다 보니 소해도 마인크래프트에 자연스레 호기심이 생긴 모양이었다. 하지만 나는 방송을 아무리 봐도 마인크래프트가 어떤 게임인지 알기 어려웠다. 유튜버들이 하는 마인크래프트는 다른 유저와 함께 접속해서 하는 온라인 게임인 것도 같았고, 채팅창에서 서로 욕설도 주고받는 것 같았다. 그런데 또 어떤 유튜버는 다른 플레이어와 만나지 않고 혼자 멋진 건물을 만들고 있었다. 도대체 이 '마인크래프트'는 무엇이란 말인가? 아이가 해도 괜찮은 게임인지 확신이 서지 않았기 때문에 소해에게는 좀 더 알아보겠다고만 이야기해두고 까맣게 잊어버렸다.

그러자 아이는 제 나름의 대응을 하기 시작했다. 자꾸만 나를 소파에 앉혀 두고 자기가 가장 좋아하는 마인크래프트 영상을 보여주기도 하고, 내가 잠깐 화장실에 간 사이 내 컴퓨터에 '마인크래프트 하는 법' 검색 결과를 띄워 두기도 했다. 어떤 게임인지 알아보겠다고 해놓고서 밍기적거리자, 아무래도 답답한 모양이었다. 그렇지만 그 모든 정보가 오히려 더 나의 혼란을 가중시켰다. 캐릭터를 육성하는 게임은 아닌 것 같고, <로블록스>처럼 여러 맵을 자유롭게 활용할 수 있는 것처럼 보이지만, 또 어떤 통일감이 있기도 했다. 플레이 영상만 찾아볼 게 아니라 진지하게 알아보자는 생각이 들어 마인크래프트 공식 홈페이지에 접속했다. 나처럼 어려움을 겪은 사람이 꽤 많은 모양인지, 공식 홈페이지는 매우 친절한 안내문이 있었다. 그중 '다운로드' 메뉴에 들어가니 답변하기 쉬운 질문이 나왔다. '어떻게 플레이하고 싶으신가요?', '(콘솔인 경우) 콘솔을 고르십시오.'

안내문을 파악하고 나서야 이해가 되기 시작했다. 마인크래프트 자체도 여러 버전이 있고, 디바이스(PC, 모바일, 닌텐도, 플레이스테이션 등)에 따라서도 조금씩 차이가 있었다. 그리고 디바이스 안에서 싱글 플레이(네트워크에 접속하지 않고 혼자 게임하는 것)와 온라인 플레이(네트워크에 접속하여 다른 사용자를 만나는 것) 중 원하는 모드를 선택해 플레이할 수 있었다. 여러 버전의 마인크래프트 중에서도 아이가 원한 건 PC용 마인크래프트였다. PC용 마인크래프트를 플레이하면 다른 유저가 만들어 올려 놓은 맵을 내려받아 탐험할 수도 있고, 여러 명령어를 입력하여 플레이를 더 다양하게 할 수 있는 모양이었다. 그러나 온라인 플레이를 허용하면 아이가 어떤 사용자를 만나게 될지 몰라 마음이 영 편치 않았다. 이런 고민을 이야기하자, 아이도 순순히 이해해주었다. 대신 우리는 닌텐도에서 플레이할 수 있는 마인크래프트 타이틀을 샀다. 게임을 구매하기까지 상당히 오랜 시간이 걸려서인지 아이는 드디어 마인크래프트를 할 수 있다며 뛸 듯이 기뻐했다.

마인크래프트의 세계는 호락호락하지 않았다. 소해와 함께 두근거리는 마음으로 게임에 접속해 여기저기 돌아다녔는데, 어느덧 해가 뉘엿뉘엿 지는 듯했다. 게임에서 보는 노을이 퍽 아름답게 느껴져 소해와 함께 해가 지는 풍경을 여유롭게 감상했다.

"와, 정말 예쁘다. 그렇지?" 경숙

서로 소회를 나누는데 이게 웬걸. 하늘이 어두워

지자마자 아무도 없던 들판에 좀비가 하나둘 나타났다. 너무 놀라 도망가는 사이 좀비의 공격을 받았다. "사망했습니다!" 순식간에 일어난 일이었다.

밤은 몬스터가 나타나는 시간이었다. 노을은 이제 곧 몬스터가 나타난다는 경보나 마찬가지였던 셈이다. 한가롭게 노을을 감상하는 게 아니라 몬스터의 공격을 막을 수 있는 안전지대를 만들어야 했다. 아침해가 뜨자마자 우리는 부리나케 숲으로 달려가 나무를 베었다. 나무에서 얻은 목재로 막대기, 제작대, 곡괭이, 나무판자 등등을 만들고 그것으로 집을 지었다. 다행히 좀비로부터는 안전했지만, 미처 침대를 만들지 못해 밤새 좁은 공간에 갇혀 시간을 보내야 했다(침대를 만들면 잠을 잘 수 있고 다음 날 아침까지 시간이 지나간다). 그러나 가끔은 집 안에서 몬스터가 생성되어 난데없이 집이 폭파되기도 하고, 괜한 만용(?)으로 야간 외출을 시도했다가 집까지 쫓아 들어온 몬스터 때문에 집이 점령당하기도 했다. 복셀 그래픽으로 이루어진 좀비일 뿐인 데도 공포물 영화의 귀신만큼이나 무서웠다. 한번은 뭔가 이상한 기척 소리가 들려 시야를 뒤쪽으로 돌렸더니 아니나 다를까 바로 뒤에 좀비가 따라와 소해와 동시에 비명을 내지르기도 했다.

마인크래프트의 세계는 정말이지 기묘했다. 정신을 차려보니 나는 필사적으로 광석을 캐고 있었다. 내가 열심히 캔 광석을 날라오면 소해가 그때부터 컨트롤러를 들고 작업대에서 원하는 무기와 갑옷, 가구를 만들었다. 신기하게도 마인크래프트의 세계는 현실 세계와도 닮아 있는 부분이 많았다. 예를 들어 유리를 만들기 위해서는 호수에서 모래를 채취해 화로에서 태워야 하는데, 이 과정은 실제 유리를 만드는 제조법과도 매우 유사하다. 나무나 돌, 모래처럼 자연에서 재료를 얻을 뿐만 아니라 작물을 기를 수도 있고, 야생동물을 길들일 수도 있다. 숲을 건너 바위 동굴을 통과하면 다른 주민들이 거주하는 사막 마을을 발견할 수도 있다. 우리는 활동 반경을 조금씩 넓혀 나갔다. 어떤 몬스터가 나타나도 대적할 수 있는 갑옷과 칼, 어두운 곳도 탐험할 수 있는 횃불 등을 넉넉히 만들어 챙긴 후에 좀 더 멀리 탐험을 떠났다. 동굴 안에 고인 호수, 사막과 오아시스, 갑작스레 나타나는 광활한 바다 등 투박해 보였던 그래픽으로 이렇게나 아름다운 풍경을 표현할 수 있다는 사실이 신기하고 놀라웠다.

그렇지만 계속 플레이하기에는 아무래도 몬스터가 걸림돌이었다. 무서운 걸 싫어하는 아이가 좀비를 감당하기에는 아무래도 어려움이 많았다. 이전에는 밤만 피하면 되었는데, 햇빛이 닿지 않는 동굴에는 낮에도 좀비가 있었기 때문이다. 좋은 방법이 없을까 궁리하던 중, '크리에이티브 모드'라는 게 있다는 사실을 알게 됐다. 우리가 지금껏 플레이한 건 말 그대로 살아남아야 하는 '서바이벌 모드'였고 '크리에이티브 모드'는 마인크래프트의 모든 자원을 마음껏 활용해 자유롭게 원하는 것을 만들어 낼 수 있는 환경을 제공했다. 몬스터도 나타나지 않았다. 아이는 이 모드를 굉장히 마음에 들어 했고, 나 역시 꽤 만족스러웠다. 예전에는 몬스터를 해치우기 위해서라도 내가 마인크래프트를 꼭 함께 플레이해야 했던 데다가, 아이가 원하는 것을 만들기 위해내가 늘 광석을 채굴해야 했는데 이제 그러지 않아도 됐다. 원하는 자원을 고르기만 하면 마음껏 얻어낼 수 있었으니까.

소해는 마인크래프트에서 건물을 수십 채나 건설했다. 정원이 딸린 전원주택과 층층이 방이 있는 형태의 빌라뿐만 아니라 수영장, 목장, 학교, 수족관 등등. 어딘가로 소풍을 다녀온 날이면 그날 본 건물은 꼭 마인크래프트에서 만들어 기록해두었다. 나중엔 좀 더 발전되어 오브젝트를 만들기도 했다. 교회를 다녀온 날에는 예수님을, 곤충도감 책을 본 날엔 사마귀를 본따 블록을 쌓았다. 건물의 외부뿐만 아니라 내부 인테리어도 다채로웠다. 소해가 즐겨보는 유튜브 채널에 나온 마인크래프트에서 인테리어하는 법 영상을 보고 집을 따라 만들기도 했다. 사면이 온통 투명한 유리로 된 바닷속의 집, 사막 위에 올린 모래성, 금빛으로 영롱하게 빛나는 피라미드 등등. 머릿속에서 이미지를 만들고, 그 이미지를 따라 건물을 척척 만들어냈다. 하나의 건물이 완성될 때마다 나와 남편을 불러 모아 준공식을 하는 것도 잊지 않았다. 준공식을 할 때는 건물을 소개하며 어떤 취지로 어디에서 영감을 받았는지, 이번엔 어떤 소재를 새로 써보았는지 신나게 설명해주었다.

자신이 만든 건물을 직접 해설까지 곁들여 안내하는 아이의 말을 유심히 듣다 보면 정말 흥미로운 요소들이 많았다. 현대적인 소파나 옷장이 있을 리가 만무한 게임인데도 아이가 만든 공간에 들어가면 지금 우리가 사는 평범한 집처럼 익숙한 가구들이 많았다. 마인크래프트에서 가구들을 어떻게 만들어야 하는지 소개해주는 책과 영상을 보며 열심히 연습해 습득한 나름의 기술이었다. 현수막의 무늬를 차례대로 수

놓아 거울 모양을 만들고, 색색깔의 콘크리트 블록을 조합해 벽에 벽지 무늬를 만들었다. 소파 앞에 깃털이 휘날리는 듯한 카펫이 깔려 있길래 이런 소재가 있느냐고 물었더니 산호라고 했다. 소해가 알려준 산호 바닥을 만드는 방법은 이렇다. 먼저 마룻바닥 아래에 빈 공간을 만들고 거기에 물 양동이로 물을 부어 어항을 만든다. 그런 다음 어항 안에 산호를 심고, 그 위에 블록을 뚜껑처럼 만들어서 마치 털이 복슬복슬한 카펫처럼 연출한 것이었다. 마인크래프트를 교육 현장에서도 활용한다는 이야기를 듣기는 했지만, 아이가 실제로 어떻게 플레이하는지 옆에서 지켜보니 확실히 세계가 훨씬 넓어질 것 같았다.

아이는 자기가 원하는 건물을 수없이 만들면서 광활한 마인크래프트의 세계를 정처 없이 돌아다녔다. 바다 위에 커다란 얼음이 떠다니는 빙하지대를, 오아시스에서 쉴 수 있는 모래사막을, 나무가 울창한 숲을 지났다. 모래사막 한가운데에는 오래전 누군가 찬란한 문명을 이루었을 듯한 유적지를 발견하기도 했다. 마인크래프트의 광활한 대지 위에는 사원이나 피라미드, 커다란 조형물들이 곳곳에 놓여 있었다. 산을 오르다 보면 석탄이 가득 매장된 동굴을 만날 수도 있었고, 심지어 지옥의 문을 열어 지옥에 갈 수도 있었다.

마인크래프트 싱글 플레이에 적응한 소해는 혼자서도 재미있게 시간을 보냈지만, 가끔은 적적해하며 다른 사람과 함께 플레이하고 싶다고 넌지시 말을 꺼내기도 했다. 그러나 마인크래프트에서 다른 사용자들과 함께 플레이하는 온라인 게임을 허용해도 될지 확신이 서지 않았다. 나도 온라인 게임을 즐겨 했지만, 초등학교 고학년은 지난 이후부터였고, 게임에서 만난 사람들과 좋은 관계를 맺은 적도 많았지만, 악성 사용자에게 다짜고짜 욕설을 듣거나 사기를 당한 경험도 있기 때문이다. 고민 끝에 온라인 게임 대신 온라인 수업을 신청해주었다. 마인크래프트에 접속해 선생님과 다른 학생들을 만나 함께 유물에 대해 배우고 유물을 직접 만들어보는 수업이었다. 찾아보니 마인크래프트를 이용한 건축뿐만 아니라 한자나 코딩, 국어 등을 가르쳐주는 수업도 있었다. 선생님이 지도하는 수업이다 보니 나도 마음이 놓였고, 아이는 아이대로 마인크래프트를 누군가와 함께하는 데다가 좋아하는 역사도 배울 수 있다는 사실에 들떠했다. 이후 진행된 수업에서 소해는 같이 수업을 듣는 학생들과 마인크래프트에서 만나 다보탑, 석가탑, 첨성대 같은 걸 만들며 뿌듯해했고, 매주 다음 수업이 돌아오기만을 손꼽아 기다리곤 했다.

마인크래프트를 시작한 지 1년이 넘었지만, 소해는 여전히 마인크래프트에 빠져 있다. 예전만큼 플레이하지는 않아도, 무언가 생각나면 마치 스케치북에 그림을 그리듯 마인크래프트에서 무언가를 뚝딱뚝딱 만든다. 마인크래프트의 세계는 아이에게 마치 모든 물감이 준비된 스케치북만 같다. 그리거나 만들기를 썩 좋아하지 않는 나로서는 공감할 수 없는 플레이이긴 하지만, 가끔은 이런 순간도 있는 것 아닐지 생각한다. 게임에 정해진 플레이 방식은 없고, 각자가 원하는 대로 즐기기만 하면 되는 거니까.

소해

서바이벌, 못 날아다님
크레이티브, 날아다닐 수 있음

서바이벌, 재료를 가져오고 재작대를
만들어야 해서 귀찮음
크레이티브, 마음대로 만들 수 있고
마음대로 꺼낼 수 있음

서바이벌, 늦게 캐도 아이템 나옴
크레이티브, 빨리 캐도 아이템 안나옴

TIP

닌텐도 스위치 온라인

닌텐도 스위치는 인터넷에서 다른 사용자와 만나는 '온라인 플레이'가 가능하다. 예를 들어 <동물의 숲>을 온라인으로 연결하면 다른 친구의 섬에 놀러 갈 수 있다. <마인크래프트>는 온라인 모드에서 자신이 만든 맵에 다른 친구를 초대할 수 있다. <스플래툰>처럼 온라인에서 여러 명이 팀을 이뤄 경쟁해야 하는 게임도 있다. 이런 경우는 온라인 게임이 기본 전제다. 물론 온라인에 연결하지 않고도 플레이할 수는 있지만, 게임의 절반도 못 즐기는 정도이다.

온라인 플레이를 하기 위해서는 구독제 서비스인 '닌텐도 스위치 온라인'을 결제해야 한다. 1년 단위로 할인된 금액에 이용할 수도 있고, 월 단위로도 가능하다. 닌텐도 스위치 메인 화면에서 닌텐도 e숍에 접속해서 구매하면, 곧바로 적용된다. 내가 닌텐도 스위치 온라인에 가입한 이유는 <마인크래프트>를 활용한 온라인 클래스 때문이었다. 선생님이 미리 만들어 둔 맵에 소해가 접속해야 해서 온라인 플레이가 꼭 필요했다. 그래서 수업을 들은 한 달여 동안만 월 결제로 구매했고, 그 이후에는 따로 구매하지 않았다.

LOADING...

CHAPTER 6

젤다의 전설: 브레스 오브 더 와일드

남편은 게임을 싫어하지 않지만, 썩 좋아하지도 않는다. 숫자를 맞추는 스도쿠나 같은 블록을 정렬해서 없애는 캔디크러쉬 같은 가벼운 모바일 게임을 하는 정도이다. 그나마 즐겨 플레이하는 게임은 플레이스테이션으로 하는 <FIFA 23> 같은 축구 게임 정도다(그렇다, 우리 집엔 닌텐도 스위치뿐만 아니라 플레이스테이션도 있다. 그러나 거의 남편과 그의 친구들 전용이다). 나와 아이가 잠들고 나면 혼자 조용히 방에서 빠져나와 플레이스테이션을 켜고 어둠 속에서 축구 게임을 한다. 우리가 게임을 할 때에는 뒤에서 슬그머니 구경할 뿐, 대체로 플레이에 먼저 참여한 적은 없다. 그런데 그런 남편이 빠져든 닌텐도 스위치 게임이 있으니, 바로 〈젤다의 전설: 브레스 오브 더 와일드〉(일명 〈야생의 숨결〉)다. 우리 가족이 함께 한 첫 게임은 〈슈퍼마리오 오디세이〉였지만, 우리 가족 모두가 흠뻑 심취한 첫 게임은 단연 〈야생의 숨결〉이다.

이 게임은 아주 오랜 역사를 지닌 〈젤다의 전설〉 시리즈 중 하나다. 인터넷 밈으로도 자주 활용되는 '깨어나세요, 용사여.'라는 대사를 아시는지. 공주가 오랜 잠에 빠져든 용사를 깨우는 이 유명한 대사가 바로 이 시리즈에서 나왔다. 〈야생의 숨결〉도 이 전통(?)을 이어받았다. 게임을 시작하면 어둠 속에서 나지막한 여성의 목소리가 들려온다. "링크…링크… 일어나세요, 링크." 링크는 정체불명의 목소리를 듣고 아주 오랜 잠에서 가까스로 깨어난 주인공의 이름이다. 동굴 안에서 무려 백 년간 잠들어 있었던 링크는 대부분의 기억을 잃은 상태다. 여기가 어디인지, 자신은 누구인지, 그리고 목소리의 주인공은 누구인지 하나도 기억하지 못한다. 플레이어의 임무는 링크를 조작하여 기억을 되찾고, 그가 수행해야 했던 본연의 목표를 달성하는 것이다.

깨어난 링크를 움직여 동굴을 벗어나고 나면 어

두웠던 동굴 바깥으로 눈부시게 빛나는 햇살과 광활한 들판이 펼쳐진다. 우리가 앞으로 모험을 떠날 하이랄 대지의 시작이다. 어느 정도 게임을 진행하고 나면 들판이 아니라 거친 암벽으로 이뤄진 돌산, 모든 게 얼어붙은 빙하지대와 무더운 사막, 뜨겁다 못해 타오르는 화산 지대도 있다는 걸 알 수 있다. 그러나 나는 그 어느 곳보다도 이 들판이 좋았다. 풀을 밟는 바스락거리는 소리와 바람에 흔들리는 꽃, 은은하게 내리쬐는 햇살까지 섬세하게 표현되어 있어 널따란 대지를 정말로 내달리는 것만 같았다. 마침 그때는 코로나19 팬데믹으로 인해 외출이 어려운 시기였는데, 외출하지 못하는 아쉬움을 그나마 이 게임을 플레이하는 것으로 달랠 수 있었다.

<야생의 숨결>에서 플레이가 완수해야 하는 시나리오는 크게 두 종류로 나뉜다. 하나는 게임의 내용 전체를 이끌어가는 메인 시나리오이고, 다른 하나는 소소한 재미를 누릴 수 있는 미니 퀘스트들이다. 메인 시나리오는 말 그대로 게임을 이루는 커다란 줄기이기 때문에 게임을 진행하기 위해서는 반드시 클리어해야 한다. 메인 시나리오라 해도 처음에는 어떤 마을의 연구소에 있는 박사를 찾아간다거나 사진기에 찍혀 있

는 사진의 출처를 알아내는 일 등 아주 작고 사소한 것들로 이뤄져 있다. 그래서 처음 퀘스트를 받고 나면 왜 이런 걸 해야 하는지 이해하기 어렵지만, 차근차근 퀘스트를 따라가다 보면 <야생의 숨결>을 구성하는 세계의 전체적인 윤곽을 서서히 파악할 수 있다.

가장 먼저 알게 되는 것은 백 년 전 있었던 전쟁에 관한 사실들이다. 링크가 이전에 속해 있던 하이랄 왕국은 부활한 '재앙 가논'과의 전쟁에서 패배했다. 링크도 '재앙 가논'과 맞서 싸우던 영걸 중 한 명이다. 그는 마지막까지 젤다 공주를 호위하다가 쓰러졌다. 젤다는 극적인 순간에 링크를 구해내 그를 회생의 사당으로 옮긴 뒤 가논을 봉인하기 위해 하이랄 성으로 향했다고 한다. 그로부터 백 년 뒤인 지금, 링크가 드디어 깨어난 것이다. 놀랍게도 젤다는 계속 가논의 힘을 억누르며 백 년이 넘게 계속 버텨오는 중이라고 한다. 그런 젤다가 눈에 아른거려 당장이라도 하이랄성에 달려가고 싶었지만, 이제 막 깨어난 상태에서 가 봐야 가논은 커녕 가논 발가락 하나 보지 못하고 죽을 공산이 컸다. 여전히 하이랄 성에서 '재앙 가논'과 분투하는 젤다를 돕기 위해서는 가논에게 점령당한 네 개의 신수를 해방시키고, 잃어버린 링크의 힘을 되찾아야 한다.

이 거대한 미션을 수행하기 위해, 우리 가족은 전략을 세웠다. <야생의 숨결>은 기본적으로 멀티 플레이를 지원하지 않는 1인용 게임이지만, 우리 세 명이 각자 잘하는 역할을 맡기로 했다. 소해는 요리사, 나는 전사, 남편은 전략가를 맡았다. 캐릭터는 하나지만, 상황에 따라 서로 나누어 플레이하기로 한 것이다. 링크가 체력을 보충하거나 특정한 능력을 강화하기 위해서는 물약과 음식이 필요한데, 이때 필요한 여러 재료를 모아 직접 요리해야 한다. 특정한 요리를 만들기 위해 어떤 재료들이 필요한지 알려주는 음식 레시피도 있다. 레시피는 마구간이나 마을의 식료품 가게마다 포스터로 붙어 있어서 지나가는 길에 유심히 살펴야 한다. 요리사를 자처한 소해는 어딜 가든 포스터가 있는지 살펴보며 재료를 수첩에 살뜰하게 적어놓았다. 마을마다 판매하는 식재료들이 제각기 다르므로 다른 마을로 모험을 떠날 때는 어떤 재료를 구해달라고 내게 미리 알려주기도 했다. 포스터에 없는 숨겨진 레시피는 유튜브 영상을 검색해서 알아냈다.

내 역할은 탐험과 몬스터 퇴치였다. 이 게임에서 몬스터를 처치하기 위해서는 약간의 기술이 필요하다. 기본적으로 활과 검, 방패를 모두 활용하여 몬스터와 맞서야 하며 타이밍도 잘 맞춰야 한다. 초반에는 타이밍을 맞추지 못해 여러 번 버벅대다 죽기도 했다. 어느 정도 공격력이 강해지면 자잘한 몬스터 정도야 타이밍까지 연습하지 않아도 남편과 아이가 쉽게 잡을 수 있었지만, 고난도 보스 몬스터는 언제나 내 몫이었다. 내가 몬스터와 싸울 때면 아이와 남편은 모두 주먹을 꼭 쥐고 큰소리로 함께 나를 응원해주었다.

남편은 우리집의 전략가였다. 하이랄 대지 곳곳에는 백여 개가 넘는 사당이 있는데, 사당 안에 들어가 그 사당만의 수수께끼를 풀어야 한다. 사실 사당이 어디에 있는지 찾아내기도 쉽지 않은 데다가 사당에 따라 다르지만 대체로 난도가 상당히 높은 편이다. 어떤 건 쉽게 깼지만, 어떤 사당은 몇 날 며칠을 붙잡고 있기도 했다. 남편은 몬스터와의 전투보다는 사당 안에 있는 규칙성을 찾아내고 그 수수께끼를 간파하는 걸 좋아했다. 그래서 나도 아이도 모험을 하다가 사당이 나오면 얼른 컨트롤러를 남편에게 넘겼다. 숨겨져 있는 사당을 속속들이 찾아낸 것도 남편이다.

우리 세 가족은 저마다 맡은 역할에 따라 게임을 돌아가며 플레이했다. 내가 힘겨운 몬스터를 한 차례 물리치고 쉬고 있으면 남편이 여기저기 돌아다니며 사당을 찾아내고 미션을 완수한다. 남편이 사당에서 나오고 나면 이제 소해의 차례가 돌아온다. 전투하느라 동난 음식과 무기를 채우기 위해 우리집 요리사가 활약할 시간이다. 그동안 대륙을 돌아다니며 따 모은 과일과 버섯, 전투를 통해 얻어 낸 몬스터 재료들로 음식과 물약을 뚝딱 만들어낸다. 특히 식재료를 사들이기 위해 마을에 들어가면, 마을 사람들에게 이런저런 부탁을 받곤 하는데 이런 미니퀘스트를 수행하는 것도 소해의 몫이다. 집 나간 닭을 한 마리씩 찾아 본래의 울타리 안으로 들여보내거나 카레를 만들기 위해 필요한 향신료를 마을 사람에게 구해다주는 일, 혹은 집 짓는 데에 필요한 나무를 베어다주는 것 등 복잡한 퀘스트부터 간단한 심부름까지 아이는 무척 즐거워하며 플레이했다.

가족이 다 함께 하나의 게임을 플레이하다 보니 우리 안에는 여러 추억이 켜켜이 쌓였다. 나에게 가장 소중한 추억은 '전기의 가논'과 싸우던 때다. 전기의 가논은 중간 보스 중 하나인데, 인터넷에서 후기를 찾아보니 다른 이들도 저마다 깨기 어려웠다며 혀를 내두르곤 했다. 미리 유튜브를 통해 어떤 유형의 적인지 예습하고 나서 전투에 임했으나 자꾸만 결정적인 순간에 죽어버렸다. 연달아 세 차례 전투에서 패배하자 나는 물론이고 전투를 지켜보는 아이와 남편마저 진이 빠진 듯했다. 마지막으로 한 번만 더 해보자, 하며 시도한 네 번째 전투의 결과도 패배였다. 그때부터는 실망과 좌절이 물밀듯 몰려왔다. '아니, 재밌자고 하는 게임인데 이렇게까지 해야 하는 거야?' 반쯤은 분노하고 반쯤은 우울해하며 컨트롤러를 내려놓자, 남편이 무언가 결심한 듯 비장하게 말했다. "우리, 밥 먹으러 가자!" 남편이 호기롭게 우리를 데려간 곳은 (우리 기준에서) 다소 비싼 식당이었다. 우리 가족이 모두 좋아하기는 하지만 가격이 만만치 않아 특별한 날에만 방문하는 곳이었다. 이날 만큼은 충전해야 한다며 맛있는 음식을 잔뜩 시켜 배부르게 먹고, 돌아오는 길에는 휘핑크림을 듬뿍 올린 커피도 샀다. 역시 전투 직전에는 당 충전이지, 커피를 쭉 들이켜고 "엄마, 화이팅!" 하는 소해의 응원에 힘입어 마침내 다섯 번째 전투에서 전기의 가논을 기적적으로 물리쳤다. 우리 가족에게는 월드컵 진출이나 올림픽 금메달보다도 훨씬 더 기쁜 순간이었다.

그런가 하면 우리 가족이 함께 추는 '보쿠린 댄스'도 있다. 보쿠린 댄스를 설명하기 위해서는 먼저 '코로

그'를 알아야 한다. 〈야생의 숨결〉에는 코로그라는 아주 귀여운 정령들이 곳곳에 숨어 있다. 코로그는 나무이파리 모양의 얼굴을 한 정령으로, 이들을 발견하면 '코로그 열매'를 하나씩 얻을 수 있다. 나무나 바위 위에 있는 조그마한 돌멩이를 뒤집거나 불상의 공양 접시에 사과를 놓으면 그 자리에서 코로그가 '뿅'하고 튀어나온다. 돌멩이나 사과 외에도 퍼즐을 맞추거나 연못에 뛰어드는 등 자잘한 수수께끼를 맞추면 코로그를 발견할 수 있다. 코로그를 찾아내기 위해서는 주변의 풍경을 세심하게 살펴야 한다. 내가 탐험에 열중하느라 주변을 미처 보지 못하고 지나치면 소해가 얼른 알아채고 알려주곤 했다.

코로그를 발견해 얻은 코로그 열매는 나중에 인벤토리를 확장하는 데에 사용된다. 처음에는 들고 다닐 수 있는 무기나 활, 방패의 개수가 아주 적어서 불편하지만, 인벤토리를 확장하고 나면 점차 더 많이 들고 다닐 수 있다. 코로그 열매를 작중 캐릭터인 '보쿠린'에게 주면 보쿠린이 인벤토리를 확장해준다. 이때 등장하는 게 바로 보쿠린 댄스다. 코로그 열매를 주면 보쿠린은 귀여운 마라카스를 흔들며, 있는 힘껏 춤을 춘다. 우리 가족은 이때를 놓치지 않고 일제히 일어나 모니터 앞에 서서 춤출 준비를 한다. 보쿠린이 팔을 높이 들어 올리고 춤을 시작하면 우리도 함께 보쿠린 댄스를 춘다. 박자에 맞춰 마무리 포즈까지 타이밍 좋게 해내고 나면 '해냈다'는 기분에 뿌듯해진다. 특히 소해는 보쿠린 댄스를 아주 좋아하기 때문에, 소해가 학교에 가거나 잠들어 게임기 앞에 없을 때는 인벤토리 확장도 하지 않는다. 보쿠린 댄스만은 같이 추는 것이 우리 집만의 암묵적인 약속이다.

<야생의 숨결>은 메인 시나리오뿐만 아니라 서브 퀘스트도 많아 즐길 요소가 다분하다. 이 퀘스트들을 하나씩 해내면서 숨겨져 있던 이야기를 발견하고 따라가는 재미가 넘친다. 게다가 한 번 패배했던 세계에 다시 걸어 들어가는 이야기인 만큼, 그저 신나고 흥분되는 이야기뿐만 아니라 짙은 비애와 슬픔마저 느낄 수 있다. 예컨대 네 명의 신수를 해방하는 메인 시나리오에서는 신수를 해방할 때마다 백 년 전 그 신수를 담당했던 영걸의 영혼을 만나게 된다. 이들은 죽고 나서도 편하게 눈 감지 못하고 가논에게 빼앗긴 자신의 신수 안의 어딘가에서 링크가 돌아와주기를 줄곧 기다리고 있었다. 전사한 영걸들이 영혼으로 등장해 링크와의 추억을 들려주는 장면은 너무 슬퍼 소해와 함

께 펑펑 울곤 했다. 영걸들은 이미 전사했지만, 그 후손들이 죽은 이를 기억하며 그의 뜻을 계승하는 것 역시 감동적인 요소다. 각 마을의 후손들은 저마다 영걸을 잊지 않고 그들처럼 마을과 사람들을 구하려 노력한다. 이들의 사연을 하나둘 접할 때마다 하이랄에 대한 애정이 조금씩 더 깊어지게 된다.

나는 〈젤다의 전설: 브레스 오브 더 와일드〉를 정말 사랑하고, 또 주변에 적극적으로 권한다. 이만한 세계관과 완성도를 지닌 게임은 플레이 자체가 예술 향유라고 생각되기 때문이다. 그러나 한 가지 주의할 점도 있다. 이 게임이 세계관이 촘촘하고 그래픽이 아름다우며 즐길 거리가 워낙 많은 만큼, 중독되기도 쉽다는 것이다. 우리 가족은 거의 두어 달 동안 이 게임 하나에만 매여 있었다. 주말에 외출하지 않고 게임에 골몰했던 건 물론이고 사당 퀘스트를 완수하기 위해 나와 남편은 밤을 새우기도 했다. 사당을 모두 다 깨고 최종 결전을 치러야 하는 때가 다가왔을 때도 이 게임을 더 즐기고 싶어 일부러 최종 보스가 있는 하이랄성에 가지 않고 대륙만 종횡무진 탐험하기도 했다. 하루에 서너 시간씩 이 게임을 플레이하며 게임에 깊이 빠져든 만큼, 여기에서 선불리 빠져나오고 싶지 않았다.

우리 가족만 그런 게 아니다. 평소 게임을 그다지 좋아하지 않던 친구에게 이 게임을 권했는데, 이 친구 역시 매일 밤을 새워가며 하루 네다섯 시간 이상 게임에 몰두했다. 퇴근 이후의 자유시간을 거의 여기에 쏟은 것이다. 엔딩을 보기까지 걸린 시간은 약 한 달 반, 나보다도 훨씬 빠른 속도였다. 분명 중독성은 강하지만 대신 이 게임에는 엔딩이 있다. 이 모험에는 반드시 끝이 온다.

그러니 아이가 <젤다의 전설: 브레스 오브 더 와일드>를 플레이하고 싶어 한다면, 가급적 방학 기간을 추천한다. 학교와 학원을 오가는 기간에 이 게임을 플레이하면 일상의 루틴이 깨질 우려가 있기 때문이다. 그렇지만 워낙 매력적인 게임인 만큼 이것 하나만큼은 장담할 수 있다. <젤다의 전설: 브레스 오브 더 와일드>를 하는 내내 분명히 행복해질 거라고 말이다. 어쩌면 가족 모두가 다함께.

소해

소해 특별 레시피: 바나나 다섯 개를 한꺼번에 요리하니까 힘이 엄청 세지는 파워 바나나 요리가 돼!

TIP

게임 시간, 얼마나 어떻게 허용할까?

주변의 이야기를 들어보면 게임 플레이 시간을 대부분 '하루에 한 시간'으로 정해놓는 집이 많은 것 같다. 하지만 앞에서 소개한 <젤다의 전설: 브레스 오브 더 와일드>같은 게임은 고작 한 시간으로는 아무것도 할 수가 없다. 게임 속 세상을 뛰어다니거나 산을 오르다 보면 한 시간이 금방 지나가기 때문이다. 퀘스트 하나를 완수하는 데에도 오랜 시간이 필요한 경우도 있기 때문에 적어도 두어 시간은 플레이해야 한다고 생각한다. 만약 하루 한 시간으로 플레이 시간을 제한하면 전개가 너무 느려 답답할 수밖에 없다. 아이와 대화하며 결정해야 하는 일이기는 하지만, 차라리 평일에는 하지 않고 주말에 몰아서 몇 시간씩 하는 편이 더 나을지도 모른다.

우리집에도 게임 규칙이 있다. 가장 중요한 건, 해야 할 일을 마친 후에 게임을 할 수 있다는 것이다. 학교에서 돌아와서 손을 씻고 가방을 정리해놓아야 한다. 만약 숙제가 있다면 그날의 숙제를 마치고 난 뒤에 게임을 할 수 있다. 그러나 게임을 하는 시간과 방식은 게임에 따라 다르다. 예를 들어 핸드폰으로 하는 모바일 게임은 집에서는 할 수 없고 학원을 오가는 셔틀버스나 먼 길을 가는 차 안에서 주로 가능하다. 반면 아이패드 게임은 집에서도 허용된다. 소해는 아이패드로 <토카월드>와 <로블록스> 두 가지 게임을 즐기는데, 이 게임들은 정확히 정해 놓은 시간 동안만 플레이하도록 한다. 대략 한 시간 남짓이다.

닌텐도 스위치 게임은 다르다. <마인크래프트>의 경우에는 그날그날 아이가 만들고 싶은 건축물이 서로 다른 만큼, 오늘 마인크래프트에서 어떤 건물을 세울 건지 이야기를 먼저 나눈다. 계획을 세우고 나면 그 계획을 달성할 때까지는 마인크래프트를 허용한다. 그렇게 해 봐야 아이가 플레이하는 건 대략 두 시간 남짓이다. <젤다의 전설: 브레스 오브 더 와일드>는 주말에 가족이 다 함께 있을 때 서너 시간 이상 함께 플레이한다. 단, 중간에 휴식 시간을 갖는 건 필수다.

게임마다 플레이 시간이 다르다는 룰은 어떻게 보면 당연하다. 축구와 야구는 둘 다 스포츠이지만 경기 시간이 다르다. 축구는 연장전이 있을 때도 있지만 추가 시간 몇 분을 제외하면 전후반 90분으로 정해져 있다. 반면 야구는 끝나는 시간이 정해져 있지 않다. 2023년 KBO 리그 평균 경기 시간은 3시간 19분이었다고 한다. 만약 야구를 하고 싶다는 아이에게 야구를 축구처럼 90분 만에 끝내라고 한다면, 그건 아예 하지 못하게 하는 것보다 가혹한 일일 것이다.

참고로 닌텐도 스위치에서는 '닌텐도 스위치 Parental Controls'라는 어플리케이션을 무료로 제공한다. 말 그대로 양육자가 닌텐도 스위치를 통제할 수 있는 모바일 앱이다. 이 앱을 설치하고 닌텐도와 연동하면, 원격으로도 아이가 얼마나 게임을 플레이하고 있는지 그리고 주로 어떤 게임을 하는지 등을 살필 수 있다. 원격으로 닌텐도 스위치의 전원을 내릴 수도 있지만, 닌텐도에서도 이 기능은 '최후의 수단'이라고 설명하고 있다. 이 앱을 통제와 감시의 도구로 사용하기보다 소통과 합의의 방법으로 활용하길 권한다.

아이의 성향과 집집마다 문화가 모두 달라서 게임 플레이 규칙을 정하는 데에는 정답은 없다. 다만, 게임에 따라 '하루 한 시간'은 너무 가혹하거나 적합하지 않은 규칙이 될 수 있다는 것만 기억하자. 게임 플레이 시간을 규제하는 건 어디까지나 아이가 게임에 심하게 빠져드는 걸 막기 위해서지, 게임의 재미를 반감하기 위해서가 아니다.

TIP

가족이 함께 게임하기

가족이 게임을 함께 한다고 얘기하면 반응이 대체로 부정적이다. 아이의 게임 중독이 걱정된다는 이유에서다. 그러나 가족이 같이 게임을 플레이하는 것은 꽤 좋은 일이다. <2022 아동 청소년 게임행동 종합실태조사>에서는 이를 구체적인 통계와 함께 밝히고 있다. 이 보고서에서는 게임을 하는 청소년을 적응적 게임이용군, 문제적 게임이용군, 일반이용자군으로 분류한다. 각각의 정의는 다음과 같다.

적응적 게임이용군: 게임을 긍정적인 방향으로 잘 활용하고 필요시 조절할 수 있는 능력을 갖추고 있으면서 게임을 이용하는 데 있어서 과몰입 문제를 전혀 가지고 있지 않은 학생

문제적 게임이용군: 게임리터러시 점수에 관계없이 게임을 이용하는 데 있어서 과몰입 문제를 가지고 있을 가능성이 큼.

일반 이용자군: 게임을 이용하지만, 적응적 게임이용군과 문제적 게임이용군에 모두 속하지 않는 경우

보고서에 따르면 적응적 게임이용군은 혼자 게임하는 비율(28.0%)보다 가족과 함께 게임을 하는 경우가 많았다(34.7%). 반면 문제적 게임이용군은 혼자 게임을 하는 경우(49.6%)가 많았고 가족과 함께 하는 유형은 13.0%로 적응적 게임이용군에 비해 차이가 났다. 물론 게임을 플레이하는 방식이 곧 과몰입 여부를 결정하는 것은 아니다. 게임 중독에는 아이의 성향이나 주변의 또래문화 등 다양한 요소가 영향을 미치기 때문이다. 가족들과 함께 하더라도 과몰입에 빠질 수 있고, 혼자 하더라도 과몰입에 빠지지 않을 수 있다. 그러나 직접적인 인과관계로 이 요인들을 이해하지 않더라도, 이러한 결과를 여러모로 참고할 수는 있다. '게임을 선용하는 아이들의 경우, 가족들과 게임을 하는 경우가 많았구나. 그러면 우리도 같이 해볼까?' 정도로.

가족이 함께 게임을 하면 가족 간에 나눌 수 있는 이야깃거리가 늘어난다. 소해는 항상 게임을 하고 나면 내 옆으로 다가와 자신이 오늘 새롭게 알게 된 것을 시시콜콜 얘기해준다. 얼마 전에는 "엄마, 하이랄쌀이랑 하테노치즈랑 고른의 향신료를 섞어서 요리하면 뭐가 나오는지 알아? 바로바로, 치즈카레!"라며 까르르 웃었다. 아이가 게임에서 새롭게 발견한 것을 터놓고 이야기할 수 있다는 것만으로도 가족이 함께 게임을 하는 것에 대한 이점은 충분하다.

가족이 함께 게임을 플레이하고는 싶은데, 어떤 게임으로부터 시작해야 할지 몰라 막막한 양육자들에게는 닌텐도 스위치 입문용으로 <말랑말랑 두뇌학원>을 추천한다. 경쟁 게임이기는 하지만 비교적 가족끼리 싸우지 않고 재미있게 즐길 수 있다. <말랑말랑 두뇌학원>은 퍼즐을 맞추거나 간단한 계산을 하는 등 제목 그대로 머리를 쓰는 게임이다. 사용자에 따라 난이도를 다르게 지정할 수 있으므로 어른과 아이가 대결하기에도 알맞고, 매 스테이지마다 '역전의 기회'도 주어져 끝날 때까지 긴장하게 된다.

가족이 함께하기에는 보드게임도 좋다. <부루마불>, <젠가> 등 유명한 보드게임이 많지만, 협력 게임으로는 <보난자>를 가장 좋아한다. <보난자>도 마지막에는 가장 금화를 많이 번 사람이 이기는 경쟁 게임이지만, 서로 간의 협력이 무엇보다 중요하다. <보난자>는 밭에 콩을 심는 게임으로, 여러 종류의 콩 카드 중 자신이 심은 콩 카드를 여러 장 모아 금화로 바꿀 수 있다. 이때 중요한 건 사용자 간에 서로 필요한 콩을 교환하고 기부하는 것이다. 내게 필요한 콩을 다른 사람에게서 얻어와야 하고, 내게 필요 없는 콩은 신속하게 다른 사람에게 주어야 한다. 자칫 잘못하면 쓸데없는 콩에 밭을 낭비하게 될 수 있기 때문이다. 이 게임은 상대방과 내가 서로 '윈윈'할 방법을 찾아야 하므로, 그 어떤 게임보다도 가장 화기애애한 분위기에서 플레이할 수 있다. 게다가 커피콩, 강낭콩, 팥, 완두콩, 메주 등 콩의 종류를 알아갈 수 있다는 점에서 학습 효과도 있다.

CHAPTER 7

페이퍼 마리오 종이접기 킹

몇 년 전, 친구가 기르던 고양이 '란포'가 세상을 떠났다. 아이로서는 처음으로 죽음을 대면한 순간이었다. 친구네 집에 자주 놀러 가곤 해서 소해도 이미 란포를 잘 알고 있었고, 친구가 보내주는 란포의 사진을 곧잘 들여다보며 즐거워하곤 했다. 란포와 영상통화를 한 적도 많았다. 지금은 알고 지내는 고양이가 많아졌지만, 그때만 해도 소해는 고양이를 그릴 때마다 털이 새까만 란포를 그렸다. 그 시절, 소해의 세계 안에서 고양이는 곧 란포였다.

　란포의 부고를 어떻게 전해줘야 하나 고민하다가, 란포가 무지개다리를 건너 고양이별로 갔다고 이야기해주었다. 하늘나라로 가는 다리를 건넜기 때문에 란포를 당분간 못 볼 거라고, 아주 나중에 만날 수 있을 거라고 하자 아이는 무슨 뜻인지 알았는지 엉엉 울었다.

그 이후에도 죽음을 이야기해야 하는 순간이 몇 번 더 있었다. 지인의 장례식장이나 추모제 등에 다녀왔을 때 어딜 갔다왔냐는 소해의 물음에 나는 곧이곧대로 대답하곤 했다. “엄마 아는 사람이 죽어서 장례식에 다녀왔어. 너무 속상하고 마음이 아파.” 때로는 이 말을 하며 울기도 했지만, 보통은 차분하게 대답해주려고 노력했다.

아이에게 설명하기 어려운 죽음도 있다. 2022년 10월 29일 이태원에서 일어난 참사다. 이태원 참사가 일어난 다음 날인 10월 30일 새벽이 여전히 기억 속에 선명하다. 그날 나는 새벽녘에 발송된 긴급재난문자 소리에 놀라 잠에서 깼다. 이태원에서 긴급 셔틀버스를 운행한다는 문자였다. 셔틀버스 운행을 왜 재난문자로 보내는지 의아해하며 인터넷에 접속했더니, 믿을 수 없는 소식이 실시간으로 올라오고 있었다. 참혹한 광경을 목도하면서도 이게 정말 실제 상황이라고는 도무지 믿을 수가 없었다. 동시에 혹시 내 친구나 가족 중 누군가 저곳에 있진 않을까 불안했다. 주변 사람들에게 메시지를 보내고 초조하게 답장을 기다리는 동안, 마음이 걷잡을 수 없이 무너져 내렸다. 뉴스를 보며 하염없이 울고 있자 아이가 뒤늦게 잠에서 깨어 곁으로 왔다. 왜 우냐고 묻는 아이를 안고 다시 한참 울었다.

아직 나는 아이에게 죽음을 어떻게 설명해야 하는지 잘 모른다. 나조차 죽음을 모르는데, 어떻게 알려줄 수 있겠는가. 무지개다리, 하늘나라, 별나라여행 등 예쁜 단어를 총동원해도 죽음을 설명하기 힘들었다.

우리가 하는 게임 속에도 늘 죽음은 있었다. 우리는 정의를 수호하기 위해서 몬스터를 죽인다. 반대로 몬스터가 우리를 죽이기도 한다. 몬스터는 아무리 처치해도 얼마든지 또 나타났다. 우리가 플레이하는 주인공 캐릭터가 죽으면 그동안 모은 코인을 얼마간 차감하는 정도의 불이익만 감수하면 되살아날 수 있다. 다시 살아날 수 있는 세계에서 죽음은 죽음이 아니라, 한순간의 아쉬움일 뿐이다.

소해와 함께했던 게임 중에는 <페이퍼 마리오 종이접기 킹>이라는 게임이 있다. 소해가 종이접기를 좋아하기도 하고, 어린이들이 쉽게 플레이할 수 있는 마리오 게임이라기에 별생각 없이 집어 든 타이틀이었다. 그때는 상상도 못했다. 의외로 이 게임은 죽음을 아주 무겁게, 그리고 진지하게 다루는 게임이었다. 이 게임을 플레이하며 소해와 죽음에 관한 이야기를 아주 많이 나누게 되었다.

게임은 종이를 오려 만들어 놓은 듯한 팔랑거리는 종이인형 나라에 종이접기 페스티벌이 열리면서 시작된다. 마리오도 신나는 마음으로 페스티벌에 참석하는데, 도착한 파티장은 왜인지 폐허가 되어 있다. 알고 보니 종이접기로 만들어진 '올리'가 팔랑팔랑 종이인형을 모두 각진 종이접기 병정으로 만들어버리고 자신의 수하로 세뇌해버린 것이다. 페스티벌을 개최한 피치공주마저 종이인형으로 접혀 버렸다. 팔랑팔랑 마리오는 동료 '올리비아'와 함께 올리의 야욕을 저지하고자 기나긴 모험 길에 오른다.

올리비아는 올리가 직접 만든 첫 번째 종이접기 인형병이자 올리의 여동생이다. 올리는 어떤 이유에서인지 매우 화가 나 팔랑팔랑 종이인형을 모두 종이접기 인형병으로 바꾸려 하지만, 올리비아는 팔랑팔랑 종이인형과 친구로 지내고 싶어 한다. 올리는 자신의 말을 듣지 않는 올리비아를 종이 벽 아래 가둬버렸지만, 마리오가 올리비아를 꺼내주며 동료로 합류하게 된다. 게임을 좀 더 진행하다 보면 동료가 한 명

더 등장한다. 바로 '폭탄병'이다. 폭탄병은 뭘 하든 실수를 연발한다. 갈대밭에서 길을 잃어버리고, 잠깐 한눈을 판 사이 없어지기 일쑤다. 그러나 매번 마리오를 '형님'이라 칭하며 살갑게 따라다니고, 민폐를 끼쳐놓고 태연한 척 구는 모습이 한편으로는 귀여워 보이기도 한다. 귀찮지만 웃기고, 때로는 무심한 듯 다정한 캐릭터다.

게임 중반부에 이르렀을 때 마리오 일행은 아주 커다란 시련에 부딪힌다. 올리가 갑작스럽게 나타나 올리비아를 아주 커다란 돌덩이로 짓눌러버린 것이다. 〈슈퍼마리오 오디세이〉의 마리오라면 그 정도 바위야 단숨에 부수었겠지만, 종이 인형 마리오에게 바위는 너무 거대하고 단단하다. 이러지도 저러지도 못하고 있는데 '폭탄병'이 비장하게 어디론가 가자고 한다. 이상하게 들릴 수 있겠지만 일단 자신을 믿어 달라면서. 그와 도착한 곳은 망망대해다. 바위 아래 깔린 올리비아가 매시 매초 고통스러워하는데 이 와중에 바다라니? 그를 좇아 도달한 바다에서 보스 몬스터를 어렵사리 물리치고 나면 폭탄병이 여기까지 온 이유를 설명해준다. 이야기를 주절주절 이어가는 그의 손에는 심지 하나가 들려 있다. 여행 도중 잃었던 기억을 되찾은 폭탄병은 자기 머리에서 빠져 있던 심지를 배에서 찾아낸 것이다. 그리고 올리비아가 깔려 있는 바위 가까이로 가서…. 자신을 터뜨린다.

폭탄병이 터지는 모습을 보고 나서도 도대체 이 장면이 믿어지지 않았다. 소해와 나 모두 깜짝 놀라 멍하니 화면을 보다가 울음을 터뜨렸다. 나중에 다시 나오리라 생각했던 폭탄병은 유령 상태로 나와 올리비아를 잘 위로해 달라 말한다. 아닌 게 아니라 가까스로 바위에서 빠져나온 올리비아는 자신 때문에 폭탄병이 희생해야 했다는 사실에 한없이 깊은 우울에 사로잡히고 만 상태다. 폭탄병이 죽은 것을 매우 슬퍼하며 이대로는 더는 모험을 할 수 없겠다고 말한다. 마리오에게는 올리비아가 우울을 극복할 수 있도록 돕는 임무가 새롭게 주어진다.

깊은 슬픔에 빠진 올리비아는 울고, 주저앉고, 나아가기를 포기한다. 마리오가 어떤 말을 건네든 그저 구석에 가만히 앉아 울던 올리비아는 한참 동안 우울해한다. 그러나 이후 마리오가 폭탄병과의 추억이 담긴 우스꽝스러운 탈을 뒤집어쓰고 올리비아를 웃기기 위해 노력하자 이윽고 기운을 차린다. 물론 웃긴 일 때문에만 회복한 것은 아니다. 올리비아에게는 그만큼 폭탄병을 마음속에서 떠나보낼 시간이 필요했던 것이다. 폭탄병을 애도하는 시간을 가진 후에야 비로소 올리비아는 다시 앞으로 나아간다. 폭탄병을 위해서라도 힘내야겠다며 일어서는 샛노란 종이인형 올리비아를 보며 많은 사람의 얼굴이 떠올랐다. 이를테면 노란색으로 머리를 물들이고 노란 손수건을 가방에 묶고 다니던 세월호 학생의 어머니들, 보라색 목도리를 목에 두르고 이태원 참사 100일 분향소를 세운 참사 희생자의 부모님들의 얼굴.

폭탄병 에피소드는 너무 충격적이지만, 사실 이건 게임의 결말을 넌지시 일러주는 예고편에 불과하다. 이후 게임을 더 진행하다 보면 마리오 일행은 드디어 종이접기 성에 다다라 올리를 마주하게 된다. 올리는 종이접기 성에 앉아 이 세계에서 '금단의 종이접기'로 알려진 천 마리 학을 접고 있었고, 마침 999번째 학이 완성된 참이었다. 종이접기에 생명을 불어넣는 기술인 '숨접기'로 천 마리의 학을 완성하면 소원이 이루어진다고 알려져 있다. 올리는 천 마리의 종이학을 접어 그 학들에게 팔랑팔랑 종이왕국을 모두 종이접기 인형병으로 만들어달라는 소원을 빌려는 것이었다. 이제 이를 저지하려는 마리오 일행과의 마지막 전투가 벌어진다.

왕과의 대결인 만큼 마지막 결전은 쉽지 않다. 이제 끝났나 싶었는데 끈질기게 '결전의 결전'이 일어난다. 여러 번 도전했다가 좌절하고 다시 시도한 뒤 겨우겨우 성공하면 드디어 엔딩을 볼 수 있다. 오래 고생한 만큼 후련해질 줄 알았건만, 이 게임은 순순히 성취감을 쥐여주지 않았다. 전투의 마지막에서 올리는 마침내 한 장의 종이로 되돌아간다. 올리비아는 한때 올리였던 종이를 물끄러미 바라보며 종이접기 장인에게 학 접기를 알려달라고 말한다. 올리로 완성된 천 마리의 학은 아름답게 날아오르고, 그 학들을 바라보며 올리비아는 두 손을 가지런히 모은다. "천 마리 학님, 부탁이에요. 제 소원은…오라버니가 접은 종이인형을 전부 원래대로 돌려주세요." 말이 끝나자 학이 전부 밤하늘을 날아오르며 지금까지 올리가 접었던 모든 종이접기 인형병들이 다시 팔랑팔랑 종이 캐릭터로 돌아간다. 거대한 종이접기 성도, 성의 일부가 되어 접혀버린 피치공주도, 마을과 몬스터들도. 다만 올리가 가장 처음 접은 올리비아만큼은 한 장의 종이로 다시 돌아간다.

엔딩이 끝나면 종이접기 페스티벌이 다시 열린

다. 마리오의 오랜 숙적인 쿠파와 그의 부하들마저도 모두 기뻐하는 모습이지만 어쩐지 마리오는 썩 기뻐 보이지 않는다. 반짝이는 페스티벌 한가운데에서 마리오는 세상을 구하고 사라져버린 올리비아를 생각한다. 종이접기 장인이 전시한 종이접기 성, 올리비아가 앉아 있어야 했을 빈 의자를 물끄러미 바라보면서. 마지막 장면은 모두가 밤하늘로 풍등을 올려보내는 풍경으로 이어진다. 아름답게 흩어지는 풍등을 바라보며 나와 소해는 다시 꺼이꺼이 눈물을 흘렸다. 게임을 시작할 때부터 마지막 끝날 때까지 우리와 계속 함께였던 올리비아가 너무나도 그리웠다.

우리가 게임을 하는 모습을 옆에서 지켜보던 남편은 이렇게 투덜대며 이렇게 말했다. "어린이용 게임 아냐? 가미가제 특공대도 아니고 뭐 이렇게 다 죽는 거야." 나도 폭탄병이 죽었을 땐 너무 큰 충격을 받아 이 게임을 정말 계속해도 되는지 의문스러웠다. 그러나 폭탄병과 헤어지고 난 이후에도 새로운 동료를 또 만날 수 있었다. 사막의 거대한 피라미드를 탐험할 때는 고고학자 키노피오가, 커다란 망망대해를 항해할 때는 전설의 선장 피오가 함께였다. 올리비아가 떠난 후에는 피치공주와 루이지가 마리오의 곁을 지켜주었다. 아마도 이 게임은 갑작스레 찾아오는 기나긴 이별에 대처하는 방법을 보여주는 것 같았다. 떠나간 이를 애도하면서 충분히 슬퍼하고 이윽고 다시 일어서는 법에 대해서 말이다.

지금은 아니더라도 아이는 언젠가 누군가를 영영 잃어버리는 일을 겪을 것이다. 아이가 죽음을 마주하고 슬픔에 빠지는 순간이 오면 이 게임 <페이퍼 마리오 종이접기 킹>을 함께 플레이하고 또 엉엉 울었던 일을 떠올릴 수 있다면 좋겠다는 생각이 들었다. 가능하면 후련하게 눈물을 쏟아붓고 또 다른 세계로 모험을 떠났던 것까지도. 죽음에 대해 말하는 걸 아무래도 꺼리는 문화 때문에 <페이퍼 마리오 종이접기 킹>을 주변에 추천하는 건 아직 쉽지는 않은 것 같다. 다만 아이에게 죽음을 말해야 하는 순간이 있다면 이 게임을 같이 플레이하는 것도 좋겠다. 결국 우리는 언젠가 죽음을 맞이해야 하니까.

소해

마리오의 네 신수를 물리칠 때,
퀴즈도 좀 풀고 재미있어요! 여러분도
체험해보세요!!!!!!!!!!!!!!!!!!!!!

TIP

게임 방송을 보여줘도 괜찮을까?

요새 아이들은 게임 방송을 정말 많이 본다. 소해도 게임 유튜버들을 보다가 새로운 게임을 접하게 되는 편이다. 그러나 사실 유튜브는 같이 옆에서 보고 있지 않는 이상 어떤 게 유해하고 또 유해하지 않은지(사실 모든 영상을 그렇게 칼로 무 자르듯 반으로 완벽하게 가르는 것도 불가능하다) 판단하기 어려운 게 사실이다. 다만 나는 팁 위주가 아니라 단순 플레이 혹은 역할 놀이 위주의 게임 방송은 가급적 시청에 제한을 두고 있다. 유튜버가 게임을 직접 플레이하며 실시간으로 시청자와 소통하는 영상들은 유튜버에 따라 편차가 있지만, 욕설이나 밈 등이 빈번하게 등장하기 때문이다.

게임 방송임에도 유익한 때도 분명히 있다. 예를 들어 유튜버 '만두민 ManDooMiN'은 주로 마인크래프트 건축 강좌를 올리는데, 그의 영상은 실용적인 걸 넘어서서 예술적이기까지 하다. 그는 주로 집을 어떤 식으로 짓고 또 재료를 어떻게 조합해 가구로 보이게끔 하는지 창의력을 길러낼 수 있는 유용한 팁을 전수한다.

우리집은 게임 방송에 대해서는 하루 30분 정도의 시청 시간제한을 둔다. 방송 자체의 유해성을 떠나 게임이라는 관심사에 대한 연속성을 끊어내기 위함이다. 주로 아이는 게임을 플레이하다가 약속한 플레이 시간이 모두 끝나고 나면 그 이후 게임 방송을 찾아본다. 이렇게 되면 다시 게임을 하고 싶은 욕구로 향하게 된다. 일상이 빈틈없이 게임으로 가득 들어차게 되는 것이다. 이렇게 되면 만들기나 그림 그리기, 책 읽기 등 다른 활동으로 주제를 환기할 기회가 사라질 수 있기에 게임 방송은 가급적 보지 않도록 독려하고 있다.

LOADING...

CHAPTER 8

바람의 나라

"제일 좋아하는 게임이 뭐예요?" 게임에 관해 이야기하다 보면 가끔 받는 질문이다. 그러면 나는 한 치의 망설임도 없이 곧장 대답한다. "바람의 나라요!" <바람의 나라>는 김진 작가의 만화 <바람의 나라>를 원작으로 넥슨에서 개발한 우리나라 최초의 MMORPG 게임이다. MMORPG란 동시간대에 여러 사용자가 접속해서 함께 플레이하는 형태의 RPG를 말하는데, 나는 <바람의 나라>로 처음 그 개념을 알게 됐다. 그전까지는 주로 <프린세스 메이커>처럼 혼자 하는 게임을 많이 했고, 온라인 게임이라고는 <스타크래프트> 밖에 몰랐다.

내가 <바람의 나라>를 시작할 당시에는 <스타크래프트>가 엄청난 인기를 끌고 있었다. 나도 같은 반 남학생들과 대결하기 위해 PC방에서 종종 스타크래프트를 하긴 했지만, 생각보다 재미를 붙이지 못했다. 캐릭터는 열심히 키우면 그만큼 능력이 강화되는데, 스타크래프트는 열심히 노력해도 상대에 따라 승패가 결정되는 게 싫었다. 게다가 이기면 이기는 대로 다시 새롭게 나를 증명해야 하는 것 같아 부담스러웠다. 아닌 게 아니라 당시엔 스타크래프트를 하는 여학생이 흔하지 않아서 같은 반 남학생들이 "네가 잘하면 얼마나 잘하겠냐?"며 종종 시비를 걸곤 했다. "내가 어제 OO 이겼거든?" 해봐야 "어쩌다가 한 번 이긴 거 아냐? 오늘 PC방 가서 보여줘." 하면 어제까지의 내 노력은 물거품이 되고 새롭게 증명해야만 했다. 그러다 보니 게임을 하면서도 전혀 재밌지 않았다.

<바람의 나라>를 알게 된 건 그 이후다. 그날도 다른 친구들과 <스타크래프트>를 하러 PC방에 갔는데, 누군가가 <바람의 나라>를 플레이하고 있었다. 그래픽이 온통 어두침침한 <스타크래프트>와 달리 척 보기에도 밝고 아기자기한 화면이 눈에 띄었다. 어떤 게임인지 어깨 너머로 훔쳐보다가 나중에는 용기 내어 물어

봤다. "이 게임 이름이 뭐예요?" 나와 <바람의 나라>의 첫 만남이었다.

<바람의 나라>는 한순간에 나를 매료시켰다. 프로토스, 저그 등 낯선 말들을 보다가 고구려, 부여, 백제같이 친숙한 명칭들을 접하니 괜히 더 반가웠다. 우리나라 역사에 근거하여 창작된 만큼, <바람의 나라>는 아이템이나 직업 등도 토속적인 설정으로 채워졌다. 예를 들어 일반적인 판타지 게임에서 원거리 마법을 시전하는 마법사는 <바람의 나라> 안에서 '주술사'로, 치유 마법을 시전하는 힐러는 '도사'로 부른다. 마력을 채우는 포션들의 이름도 '동동주', '백세주' 같은 전통주이며 이 포션을 구매할 수 있는 곳은 당연히 '주막'이다. 레벨업을 위해 사냥해야 하는 몬스터들도 다람쥐, 토끼, 말, 뱀, 곰, 호랑이, 구미호 등으로 매우 친숙하다.

나는 <바람의 나라>를 장장 7년 동안 플레이했다. 초등학교 5학년 때 시작해 대학 입시를 준비하던 때까지 줄곧 <바람의 나라>와 함께였다. 집에서는 주로 두 살 터울의 친오빠와 함께 <바람의 나라>를 했다. 오빠와 나 사이에는 모종의 동맹 관계가 있었다. 오빠가 게임을 하는 동안 부모님이 오는지 안 오는지 내가 망

을 보는 대신 오빠가 내게 아이템이나 게임 머니 등을 주었다. 매주 일요일마다 우리는 이천 원씩 용돈을 받았는데, 그러면 천 원은 아껴두고 남은 천 원을 PC방에서 썼다. 때로는 이천 원 전부를 PC방에서 탕진하기도 했다. 고작 몇 시간의 게임 플레이 때문에 일주일 내내 매점에 갈 수 없었지만, 그래도 상관없었다. 그 편이 내겐 더 큰 만족을 주었으니까. 돈도 시간도 다 쓰고 나면 <바람의 나라>를 플레이하는 다른 사람들은 없는지 PC방 안을 어슬렁거렸다. <바람의 나라>를 하는 사람을 발견하면, 모니터 뒤를 힐끔거리며 어떻게 게임을 하는지 살며시 구경하곤 했다. 매주 PC방에 출석했기 때문에 당시 PC방 카운터를 지키던 직원과도 안면이 있었는데, 그 직원도 <바람의 나라>를 했다. 그는 손님이 없을 땐 손가락이 거의 보이지 않을 정도로 키보드 위를 날렵하게 날아다니며 몬스터를 때려잡다가, 손님을 맞이해야 할 땐 키보드의 스페이스바에 백 원짜리 동전 하나를 비스듬히 끼워두었다. 스페이스바를 누르면 캐릭터가 계속 공격 모션을 취하는데, 동전을 끼워 놓으면 (실제로는 수동이지만) 자동 공격 모드가 되기 때문이다. 물론 이 상태로 너무 오래 방치하면 캐릭터가 죽어버리기도 하지만, 그

직원의 캐릭터는 워낙 레벨도 높고 체력도 강했기 때문에 쉽게 죽지 않았다.

오빠와 나 사이에 알음알음 이뤄지던 '게임 비밀 동맹'이 깨진 건 다음 달 전화요금 고지서가 날아들면서였다. 고지서를 본 엄마는 말 그대로 뒷목을 잡았다. 유료 게임에 대한 개념이 없다 보니, 우리는 막연히 <바람의 나라>가 무료인 줄로만 알았다. 알고 보니 <바람의 나라>는 접속하면 분당 20원씩 과금되는 유료 게임이었던 것이다. 거기에 더해 인터넷 통신비도 가산됐다. 게임 이용료와 통신비를 합쳐 한 달 사이 전화 요금만 20만 원이 넘게 고지서에 인쇄됐다. 당시 대졸 초임 월급이 120만 원을 웃도는 수준이었음을 고려하면, 전화 요금 20만 원은 가계에 직격탄을 날릴 정도의 어마어마한 폭탄이었던 셈이다. 부모님께 눈물 쏙 빠지게 혼났던 우리는 그 이후로 집이 아니라 PC방에서 주로 게임을 했다. 가끔가다 게임에서 공성전이나 이벤트가 개최되어 집에서 꼭 플레이해야 할 때는 아껴 놓은 쿠폰을 꺼냈다. 책으로 된 <바람의 나라> 공략집에는 특전 쿠폰이 끼워져 있었는데, 이 쿠폰을 사용하면 일정 시간동안 무료로(분당 20원이 과금되지 않고) <바람의 나라>를 플레이할 수 있었기 때문이다. 이 쿠폰을 모으기 위해 설날에 세뱃돈을 받으면 아껴놨다가 공략집을 사러 서점으로 달려갔다.

〈바람의 나라〉는 언제나 노력한 만큼의 보상을 돌려주었다. 몬스터를 많이 잡으면 캐릭터가 성장했고, 많은 재료를 모으면 더 좋은 무기를 얻을 수 있었다. 캐릭터의 능력뿐만 아니라 관계도 마찬가지였다. 나는 문파(길드)에 가입했는데, 문파원들과 자주 파티를 맺고 던전으로 원정을 떠나곤 했다. 초창기 〈바람의 나라〉에서 문파 대상 이벤트가 많았던 것도 문파원 간의 '전우애'를 다지는 데에 크나큰 기여를 했다. 예를 들어 'OX퀴즈대회'를 할 때는 문파원들끼리만 귓속말을 주고받으며 정답을 알려주었고, 문파 대항 공성전에서는 성을 수비하며 다른 문파의 성을 점령하기 위해 전투를 끈질기게 이어갔다. 물론 두 대회 모두 어마어마한 서버 렉 때문에 결국 실력 때문이라기보다 끝까지 튕기지 않는 사람이 곧 승자인 셈이 되었지만, 버벅거리는 와중에도 어떻게든 캐릭터를 이동시키거나 상대 문파를 공격하려 했던 기억이 생생하다.

〈바람의 나라〉는 내게 온라인 게임의 재미를 알려주었다. 그 이후 나는 〈바람의 나라〉를 개발한 넥슨의 충실한 팬덤이 되어, 이후 〈퀴즈퀴즈(큐플레이)〉,

〈어둠의 전설〉, 〈테일즈 위버〉, 〈알투비트〉, 〈마비노기〉까지 넥슨이 출시하는 모든 게임에 속속 빠져들었다. 수년에 걸쳐 게임을 하는 동안 온라인 게임도 변화를 거듭했다. 이전에는 게임을 플레이하는 것 자체에 돈을 내야 했다면, 이후엔 플레이 자체는 무료인 대신 게임 안의 아이템 등을 유료로 구매해야 했다. 그래도 좋았다. 돈을 내는 건 선택이지, 필수가 아니었으니까. 나는 주로 생일선물에 받은 문화상품권으로 게임 아이템을 구매하면서 일년에 한두 번 유료의 즐거움을 누리고, 나머지는 노력으로 메웠다. 퀴즈를 맞히는 게임인 〈퀴즈퀴즈〉를 한창 플레이할 때는, 게임에 나오는 문제와 정답을 인쇄한 모두 두꺼운 종이철을 한아름 들고 다니면서 시도때도 없이 들여다봤다.

여러 게임을 메뚜기처럼 뛰어다니는 와중에도 〈바람의 나라〉는 나의 베이스캠프였다. 이전처럼 매일 같이 접속하지는 않더라도, 한 달에 한두 번은 접속해 던전을 돌았다. 햇수가 거듭되며 문파원은 절반쯤 게임을 떠났고, 그나마 남은 절반의 문파원은 업데이트된 신대륙 곳곳을 탐험하기 위해 흩어졌다. 그래도 꾸준히 〈바람의 나라〉를 이어갔지만, 결정적으로 게임을 접을 수밖에 없었던 건 해킹 때문이었다. 당시

PC방에는 해킹 프로그램이 깔린 경우가 왕왕 있었는데, 지금처럼 보안 프로그램이 대중화되지 않았던 시절이라 개별 PC방에서 이런 프로그램을 그때그때 잡아내긴 어려웠다. 〈바람의 나라〉를 7년 넘게 플레이하는 동안 해킹을 서너 번 당한 것 같다. 해킹을 당하고 나면 내가 평소 가지 않는 낯선 곳에 아이템 하나 없이 벌거벗은 채로 서 있는 캐릭터를 만나게 된다. 살뜰히 모아왔던 무기도, 옷도, 돈도 모두 다 털린 빈털터리 캐릭터를 보면 정말이지 절망스럽다. 처음 한두 번은 문파원들의 도움으로 그나마 빠르게 재기할 수 있었지만, 마지막으로 해킹당했을 땐 더 이상 게임에 접속할 의욕이 나지 않았다. 때마침 입시가 코앞이었다. 차라리 잘됐다고 여기면서, 나는 비로소 컴퓨터에서 〈바람의 나라〉 프로그램을 삭제했다.

그 이후 나는 〈바람의 나라〉와 한없이 멀어졌다. 그사이 나는 대학도 졸업하고, 취업도 했다. 조금 더 시간이 흐른 뒤엔 결혼을 하고, 아이도 낳았다. 가끔 궁금해서 〈바람의 나라〉 문파 카페를 들여다보기도 했다. 나처럼 몇 번이고 추억 삼아 오고 간 이들의 흔적이 게시판에 남겨져 있었다. 한때 친했던 이들이었지만, 이제는 닉네임을 봐도 누구였는지 떠올리지 못했다. 다시 한번 〈바람의 나라〉를 해보고 싶은 마음도 있었지만, 옛날 계정은 이미 찾을 수 없고 새로 시작하자니 막막했다. 가족여행 삼아 제주도에 놀러 갔을 때 넥슨 컴퓨터 박물관에 들러 초창기 버전 〈바람의 나라〉를 5분여 간 잠깐 플레이한 게 다였다.

그런데 2020년, 모바일 앱으로 〈바람의 나라〉가 출시된다는 뉴스를 접했다. 게다가 초창기 그래픽을 복원했다고도 했다. 아닌 게 아니라 PC 게임 〈바람의 나라〉는 그래픽이 몇 차례 크게 바뀌었다. 이전에는 픽셀 하나하나가 눈에 띄는 형태의 캐릭터였지만, 지금은 그런 것들이 매끈하게 정리되어 있는 형태의 디자인이다. 이전보다 그림자나 옷자락이 디테일하게 표현되었고 동시에 화려한 옷과 무기가 늘어났다. 단순해서 귀엽고 앙증맞았던 이전의 캐릭터와는 사뭇 달랐다. 이게 아무래도 아쉬웠는데, 모바일 앱에서는 이를 다시 복원한다고 했다. 단순히 예전 그래픽 파일로 되돌린 게 아니라, 제작진이 처음부터 다시 도트를 하나하나 찍었다고 했다. 그러니 어떻게 하지 않을 수 있겠는가. 오픈일을 캘린더에 크게 적어두고 동그라미와 별표를 몇 번이나 둘러놓았다. 남편에게는 '이날부터 나는 사라질지도 모른다'고 신신당부해두었다.

오픈 당일이 되자마자 서둘러 앱을 다운받았다. 호빵, 척 등 과거 <바람의 나라>에서 유명했던 셀럽들의 닉네임은 이미 '사용중'이었다. 나만의 이름을 정해 얼른 계정을 만들었다. 캐릭터가 만들어지는 동안 화면에 뜨는 로딩 이미지와 청량한 로딩 음악까지 모든 게 완벽했다.

그런데 거기까지였다. PC와 모바일의 차이는 생각보다 어마어마했다. 이전에 <바람의 나라>는 손가락을 빠르게 움직여 키보드를 우다다다 치는 동작이 하나의 재미였는데, 모바일에서는 그런 움직임이 (당연히) 배제될 수밖에 없었다. 그 대신 자동 이동, 자동 전투 같은 게 생겼다. 때마다 체력과 마력을 채우는 물약도 떨어질 때마다 자동으로 먹을 수 있었다. 자동으로 이루어지는 게 편하기도 했지만, 아무래도 게임에 푹 빠졌던 그때의 감흥과는 전혀 다른 느낌이었다. 무엇보다 내 핸드폰 스크린이 너무 작아 버튼을 하나하나 클릭하는 것도 쉽지 않았다. 심지어 글씨도 잘 보이지 않을 정도였다. 모바일 게임을 하며 나이듦을 실감해야 한다니, 아무래도 서글펐다. 게다가 여타 모바일 게임처럼 접속하자마자 세트 상품 할인 정보나 이벤트 안내 팝업이 연달아 뜨는 것도 영 익숙해지기 어려웠다. 캐시로 별도 구매해야 하는 아이템이 워낙 많다 보니 이런 팝업들이 마치 광고 공해처럼 여겨졌다. 이전에는 시간을 쏟아 구해야 하는 아이템이 많았다면, 이번에는 실제 돈으로 구매해야 하는 게 더 많아 보였다. 물론 이런 정책을 이해하지 못하는 건 아니다. 게임 회사도 수익을 내야 한다는 걸 얼마든지 알고 있다. 그러나 아는 것과 받아들이는 건 다른 영역이었다. 고향을 기대하며 두근거렸는데, 가보니 고향을 체험하는 테마파크였던 셈이다.

손꼽아 기다린 게임이었건만 나는 결국 다시 <바람의 나라>를 접고 말았다. 제대로 플레이하지 않은 지 벌써 수개월이 넘어간다. 그러나 여태 <바람의 나라>를 삭제하지는 못했다. 지금까지도 가끔 접속해 한 번씩 몬스터를 사냥한다. 옛날과 영 다른 인터페이스 때문에 여전히 적응은 어렵지만, 늘 그립던 과거의 그 모습 그대로를 볼 수 있다는 것만으로도 묘한 위로를 받곤 한다. 이 마음을 무어라 부를 수 있는지는 아직 모르겠다. 이건 과거에 매달리는 구질구질한 미련일까, 아니면 여전히 사랑인 걸까.

TIP

게임을 곁들여 가족 여행 떠나기

게임을 좋아하는 아이를 데리고 가족 여행을 떠나기는 쉽지 않다. 나조차도 청소년기에는 가족여행보다 집에 콕 박혀 게임하는 걸 더 좋아했으니 그 마음을 모르는 바는 아니다. 그렇다면 게임을 곁들인 여행은 어떨까? 게임을 좋아하는 아이도, 게임을 좋아하지 않는 양육자도 한 번쯤 들러보면 좋을 장소를 추천한다.

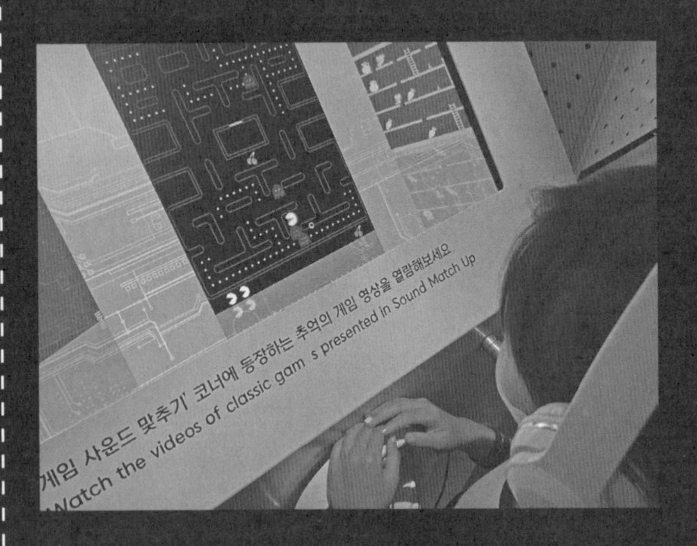

[제주] 넥슨 컴퓨터 박물관

지금까지 가족과 제주도를 함께 방문한 게 네 차례인데, 네 번 모두 넥슨 컴퓨터 박물관은 꼭 다녀왔다. '컴퓨터 박물관'이라는 이름답게 아주 오래된 컴퓨터부터 최신 기종까지 컴퓨터 모델이 갖가지로 전시되어 있어 컴퓨터 발전사를 한눈에 들여다 볼 수 있다. <바람의 나라> 초창기 버전뿐만 아니라 수십년 전 콘솔 게임기도 준비되어 있어 오래전의 게임팩들을 직접 플레이할 수 있다. 아이들이 재미있게 즐길 수 있는 게임 요소도 다양하다. 코딩의 기초를 이해할 수 있는 코딩 로봇을 체험해 볼 수도 있고, '크리에이티브 토이'라는 장난감도 체험해 볼 수 있다. 우리가 방문했을 때는 1시간 가량의 짧은 학습 클래스(유료)도 운영하고 있어서, 아이가 여기 클래스에 참여해 직접 마우스를 만들어 보기도 했다. 넥슨 컴퓨터 박물관은 제주공항 근처에 있어서 제주 여행을 마친 후 마지막 날 떠나기 전에 들르기에 딱 좋다.

[일본] 슈퍼 닌텐도 월드

아직 직접 가본 적은 없지만, 언젠가 꼭 한 번 아이와 함께 가보고 싶은 테마파크다. 일본 오사카에 있는 '슈퍼 닌텐도 월드'는 영상으로만 봐도 믿기 어려울 만큼 닌텐도의 게임 세계를 그대로 재현했다. 마리오 시리즈에 등장하는 필드 맵과 키노피오 카페, 점프하면 코인이나 버섯이 나오는 물음표 블록까지. 국내 롯데월드나 에버랜드와 같은 테마파크와 달리 놀이기구의 수는 적지만 내가 직접 마리오가 된 듯한 체험을 할 수 있다고 한다. 무엇보다 이 테마파크의 별미는 바로 테마파크 안에서 판매하는 갖가지 음식이다. 마리오 모자를 쓴 햄버거라든지, 슈퍼스타 모양의 볶음밥 등 음식도 닌텐도 게임 세계의 모양을 귀엽게 구현해두었다고 한다.

LOADING...

CHAPTER 9

괴혼 ~굴려라 돌아온 왕자님~

어린 시절 즐겁게 했던 게임을 다시 만났을 때, 더 행복하게 플레이할 순 없는 걸까? <바람의 나라>를 결국 즐기지 못해 침울해하는 내 앞에 나타난 건, 뜻밖에도 <괴혼>이었다. <괴혼>은 제목만큼이나 괴상하고 이상한 게임이다. 처음 <괴혼>을 어떻게 알게 됐는지는 솔직히 기억나지 않는다. 게임 안에 일본 특유의 개그 코드가 가득한 것으로 볼 때, 고등학교 때 가입했던 만화 동아리 부원이 추천해주었던 것 같기도 하다. 왜인지는 모르겠지만, 학창 시절에 이 게임이 친구들 사이에서 선풍적인 인기를 끌었다. 학교에 오면 전날 <괴혼>을 플레이했던 이야기들로 친구들과 수다꽃을 피웠다. 게임 플레이 시간이 짧으면 10분, 길어도 30분을 넘지 않았기 때문에 학교가 끝나고 학원 가기 전에

짬을 내어 잠깐씩 플레이할 수 있는 게임이었다.

짧은 플레이 시간만큼이나 〈괴혼〉은 복잡할 게 하나 없는 아주 단순한 조작만 하면 되는 게임이다. 게임을 시작하면 조그마한 공을 주는데, 이 공을 굴리면 주변에 있는 사물들이 공에 척척 달라붙는다. 공을 여기저기 굴려가면서 제한된 시간 안에 물건들을 붙여 커다란 '덩어리'로 만드는 것이 이 게임의 목표다. 덩어리를 굴리는 건 '왕자님'이다. 괴혼의 부제가 '굴려라 왕자님'인 건 이 때문이다. 제목 그대로 조그마한 왕자님이 지구별로 떨어져 공을 굴린다. 처음 시작할 때는 공이 작기 때문에 큰 사물을 억지로 붙이려 한들 제대로 붙지 않고 떨어져 나간다. 그러니 처음에는 공의 크기에 맞게 자석이나 지우개, 건전지처럼 조그마한 것들을 붙이고 이후에 공의 크기에 따라 차차 사물의 크기를 키워가야 한다. 작게는 클립부터 시작해 나중엔 토마토나 오이, 장난감 자동차를, 그 이후에는 좀 기괴하긴 하지만 새나 강아지, 고양이까지도 공에 쫀득쫀득하게 붙일 수 있다.

공을 아주아주 커다란 덩어리로 만들고 나면, 마침내 하늘의 별로 쏘아 올릴 수 있다. 우주를 다스리는 아바마마가 어느 날 술을 먹고 밤하늘에 깽판을 치는 바람에 별이 모조리 깨져버려서, 왕자가 이를 복구하기 위해 나섰다는 스토리다. 덩어리로 별을 만드는가 하면, 별자리도 만들 수 있다. 대신 게자리를 만들기 위해서는 어마어마하게 많은 꽃게가, 백조자리를 만들기 위해서는 그만큼의 백조가 필요하다. 백조가 사방에 흩뿌려져 있는 장소로 워프해 백조를 있는 대로 공에 붙이면, 백조자리가 완성된다(이 세계에 은유란 없다!).

술에 취해 별을 와장창 깨뜨려버린 건 아바마마지만 정작 그가 하는 일은 얼마 없다. 왕자가 덩어리를 수집할 수 있도록 물건을 보낸다거나 왕자의 덩어리를 평가하는 정도다. 제한 시간은 박하게 주면서 제대로 덩어리를 만들지 못하면 실망했다느니 할 때는 누구보다도 얄밉다. 그런 데다 얼마나 물건을 엉터리로 보내놨는지, 막상 맵에 들어오면 어처구니없는 곳에 뜬금없는 물건이 놓여 있어 당황스럽기까지 하다. 책상 위에 있는 압정이나 지우개, 건전지는 그렇다 치자. 거리 한복판에 놓여 있는 연하장 꾸러미나 볼링핀, 계절과 전혀 맞지 않는 산타클로스 인형에 가발은 대체 뭐란 말인가! 그러나 실수투성이인 아바마마도, 가끔 귀여운 면모를 보인다. 어떤 물건을 공에 착 붙이고 나면, 자신도 어린 시절 그 물건을 먼저 붙였었다고 뛸 듯이 기뻐하는 것이다.

도대체 언제 어디에서 나타날지 모르는 신기하고 괴상한 물건들, 무책임하고 얄밉지만 다정한 괴짜 아바마마, 묘하게 중독성 있는 효과음과 배경음악까지. 〈괴혼〉은 쉽게 찾아보기 어려운 정말 독특한 매력을 지니고 있다. 이상한 물건이 여기저기 널려 있는 거리를 정신없이 뛰어다니며 죄다 공에 붙이고 나면 길거리가 깨끗해져 후련한 기분마저 든다. 정작 정신없는 내 방은 청소할 생각도 없으면서 게임 속 길거리나 청소한다는 게 부모님 입장에선 황당했겠지만, 학창 시절엔 그런 〈괴혼〉이 너무 좋아서 머리가 복잡할 때마다 〈괴혼〉을 켰다. 아무리 외워도 영단어가 머릿속에 들어오지 않거나 풀었던 수학문제를 또 틀렸을 때. 친구와 싸웠거나 불쾌한 말을 듣고 돌아온 날 등. 뜬금없이 놓인 당혹스러운 사물들만큼이나 머릿속이 뒤죽박죽 엉망인 날엔 〈바람의 나라〉 같은 RPG게임을 켤 수는 없었다. 온라인에서 만난 게임 친구와 괜히 잡음이 생길 수도 있고, 전략을 짜서 플레이해야 하는 만큼 머리를 쉬기는커녕 더 굴려야 했으니 말이다. 그러나 〈괴혼〉은 친구를 만날 일도, 머리를 굴릴 일도 없이 덩어리만 굴리면 충분했다.

〈괴혼〉은 재밌는 게임이었지만, 그 게임에 푹 빠져드는 일은 없었다. 공을 굴리는 건 금세 싫증났고, 엔딩도 빠르게 찾아왔다. 독특하고 참신한 설정이었지만 어디까지나 머리를 환기하기 위해 잠깐 플레이하던 게임어어서 그랬는지, 학창 시절 이후로 〈괴혼〉을 완전히 잊고 지냈다.

〈괴혼〉을 다시 만난 건 그로부터 10년이 넘게 지난 뒤였다. 여느 때처럼 메일함을 열었는데, 닌텐도코리아에서 보낸 광고 메일 하나가 와 있었다. 평소 같았다면 심드렁하게 삭제했겠지만, 메일 제목이 눈길을 사로잡았다. 〈괴혼 ~굴려라 돌아온 왕자님~〉. 정신을 차렸을 땐 메일에 안내되어 있던 사전 예약판매까지 신청한 뒤였다. 그 이후부터는 기다림의 연속이었다. 하루하루 손꼽아 택배를 기다렸다. 한 달여 지난 뒤에 드디어 게임팩이 도착했고, 들뜬 마음으로 게임칩을 허겁지겁 밀어 넣었다.

놀랍게도 〈괴혼 ~굴려라 돌아온 왕자님~〉은 그 이전과 하나도 달라지지 않았다. 괴상한 배경 음악하며, 아바마마의 요란한 패션까지 모두 옛날 그대로였다. '나~나나나노~'로 시작되는 독특한 오프닝 노래가 시작될 때는 눈물까지 찔끔 났다. 이거지, 바로 이거야! 의욕 넘치게 시작 버튼을 누르고 10년 만에 처음으로 덩어리를 만들었다. 예전에도 잘하는 편은 아니었지만, 그때와 비교할 수 없을 정도로 내 플레이는 최악이었다. 오른쪽으로 틀고 싶었는데 정 반대쪽으로 가버리고, 자꾸만 어딘가에서 떨어져버리고. 의욕은 앞서서 계속 질주하는데 정작 물건은 하나도 붙이지 못했다. 나란히 정렬된 사물을 공에 붙여야 하는데 도리어 그 사이로 쏙쏙 빠져나가는 통에 옆에서 지켜보던 소해가 장애물 피해 달리기 게임이냐고 물을 정도였다. 나의 기대치는 한창 게임을 열심히 하던 십대 청소년 시절에 머물러 있는데, 반응 속도가 현저히 떨어진 지금은 그 기대치의 반의반도 미치지 못했다. 분명 컨트롤러를 쥐고 있는 건 내 손인데도 영 어색했다. 그뿐만 아니라 어지럽기까지 했다. 예전에는 시간만 있다면 몇 시간이고 게임에 집중할 수 있었는데, 지금은 어지럽고 눈이 아파서 도무지 게임을 한 시간 이상 플레이하긴 어려웠다. 한 시간은커녕 30분만 해도 눈물이 줄줄 흘렀다. 나도 모르는 새 내내 눈 깜박이는 것도 잊고 화면에 몰두한 탓이었다.

예전과 같이 공을 굴리는 건 너무 재미있었지만,

지금은 어떤 물건을 어떻게 붙일지 고민하는 것보다 '아니, 압정이 이렇게 바닥에 깔려 있으면 너무 위험하잖아!' 하는 마음속 경보가 먼저 울려댔다. 아무 생각 없이 즐겁게 플레이했던 이전과 달리 자꾸만 물음표가 머릿속에 떠다니는 통에 생각 스위치를 끄느라 게임에 집중하기가 어려웠다. '술 먹고 사고를 친 건 아바마마인데 왜 그 뒷수습을 아들에게 떠넘기는 거야' 라며 아동 노동 착취가 아닌지 의심했고, 비둘기와 고양이를 공에 붙일 때에는 '살아 있는 동물을 이렇게 붙이다니 너무 잔인해!' 하며 동물권을 떠올렸다. 예전에는 공을 굴리면 굴릴 수록 머릿속이 상쾌해졌는데, 지금은 이상하게 더 복잡해지기만 했다.

달라진 건 게임이 아니라 나였다. 어린 시절 내가 좋아하는 게임을 시연할 때마다 왜 부모님이 어지럽다며 손사래를 치셨는지 이제야 이해할 수 있었다. 어지러운 데다 머릿속도 복잡하다 보니 결국 나는 컨트롤러를 내려놨다. 과거와 너무 멀어진 것 같아 어쩐지 또 울적한 마음이 들었다. 그때 내가 하는 걸 뒤에서 계속 관심 있게 지켜보던 소해가 슬그머니 컨트롤러를 집어 들었다.

"이거 해보게?" 경숙

소해 "응, 재밌어 보여."

소해는 몇 차례 공을 여기저기 굴려보더니 힘 있게 밀고 나갔다. 코타츠 위를 한 차례 굴러 자석과 지우개, 건전지 등을 몽땅 붙이더니 이불을 타고 내려와 마룻바닥에 놓인 물건들도 열심히 붙였다. 집안에 있는 물건들을 모두 야물딱지게 해치운 후, 문밖으로 나가 텃밭에서 오이와 가지 같은 것들을 덩어리에 붙였다. 최종적으로 아이는 내가 여러 차례 시도해봤지만 결국 포기했던 '1.5미터 덩어리 만들기' 미션을 수월하게 성공해냈다. 어지럽지 않냐고 물어봤더니 그렇지 않다고 했다. '백조자리 만들기'에 도전하기 위해 백조들을 열심히 공에 붙이기에 이렇게 물었다.

"너무 잔인하지 않아?" 경숙

소해 "엄마, 이건 그냥 게임이잖아."

소해는 이번에는 오히려 나를 이상하게 쳐다보며 말했다.

어린 시절 내가 했던 게임을 똑같이 플레이하고

있는 아이를 보니 어쩐지 마음이 간질거렸다. 게임을 플레이하다 보면 '아바마마'가 왕자를 보고 있다가 '왕자가 처음 붙인 물건이 아바마마와 똑같다'며 감동하는 대사가 나오곤 했는데, 이 대사를 지금은 내가 하고 있었다.

"와! 엄마도 저 길로 가장 먼저 갔었는데, 신기하다!"

"엄마도 이 맵 좋아했는데!"

아무래도 이번에 돌아온 <괴혼 ~굴려라 돌아온 왕자님~>의 왕자님은 내가 아니라 아이에게 안성맞춤이었다. 아이가 열심히 공을 굴리면, 나는 저쪽에 어떤 물건이 있을 것이라며 조언을 해주었다. 이런 모습은 영락없는 '아바마마'였다. 뜻밖의 역할 분담이었지만 이것도 나쁘지 않았다.

아이가 운전하는 게임에 올라타 우리는 함께 일본의 집과 거리 곳곳을 구경했다. 특히 아이가 제일 신기해한 건 코타츠와 마당의 텃밭이었다. 왜 탁자에 이불이 달린 거냐며 묻기에 인터넷에서 실제 코타츠 사진을 찾아 보여주며 안에 난로가 달렸다고 설명해 주었다. 고양이를 키우는 집에서는 고양이들이 죄다

이 안에 들어가서 잔다고 얘기해주니 까르르 웃었다. 텃밭도 호기심의 대상이었다. 오이를 집에서 직접 길러서 먹는 거야? 태어나서 지금까지 쭉 아파트에서만 살아온 터라 마당 있는 집 같은 건 구경조차 못해본 아이다운 질문이었다. 말로 설명해주는 대신, 우리도 언젠가 도시 텃밭을 한 번 분양받아보기로 했다. 아이와 함께 오이나 방울토마토를 심어 볼 생각을 하니 벌써부터 마음이 두근거린다.

소해

조작 방법이 좀 어렵구 내가 원하는 대로 잘 안되긴 하는데, 그래도 별자리 만드는 건 재밌어!

CHAPTER 10

링피트 어드벤처

오랜 기간 해왔지만 절대 늘지 않는 두 가지가 있다. 하나는 영어, 다른 하나는 운동이다. 실력이 늘지 않는다고 투덜거릴 만큼 열심히 했냐고 묻는다면 딱히 할 말은 없다. 둘 다 꾸준히 하는 것이 현대인의 미덕이라 하니 어영부영 간신히 맥만 이어왔을 뿐이다. 반쯤은 의무감으로, 나머지는 불안함으로.

나의 영어 공부 역사는 아주 길고도 넓다. 수능 이후로 잠시 영어와 떨어져 살다가 직장인이 되어서 다시 시작한 영어는 호락호락하지 않았다. 출근하기 전이나 퇴근한 이후의 시간을 활용해 영어 학원에 다녀보기도 했지만, 수험생 시절만큼 열심히 머릿속에 욱여넣기는 힘들었다. 그 이후로도 인터넷 강의는 물론, 성인 학습지와 전화 영어, 심지어 카카오톡으로 원어

민과 메시지를 주고받는 영어학습까지 정말이지 다양한 프로그램을 해왔다. 급하다 싶을 때면 영어 과외도 꼬박꼬박 받았다. 그렇지만 여전히 외국인 앞에서는 한마디도 하지 못한다. 어, 이럴 때 어순을 어떻게 하더라, 문법에 맞추어 말하려면 어떻게 해야 하더라, 하고 머릿속이 우왕좌왕 혼란에 빠져버리기 십상이다.

운동도 비슷하다. 지금까지 정말 많은 운동을 거쳐왔다. 헬스, 요가, 필라테스, 러닝, 수영부터 스케이트보드, 방송 댄스, 배드민턴, 등산까지. 커뮤니티를 좋아하는 사람답게 어떤 운동들은 동호회에 덜컥 가입해 사람들과 친목을 쌓으며 조금씩 배웠다. 가장 오래 한 스포츠는 20대 때 한창 빠졌던 스케이트보드 정도일까. 나머지는 가기 싫어서 전날 밤까지 머리를 쥐어뜯다가 오로지 정신력으로 내 멱살을 스스로 잡아 이끌고 갔다. 거의 어떤 운동을 해도 소질 없다는 이야기를 들었고, 툭하면 상처를 입었다. 때로는 부상이 내심 반갑기도 했다. 의지력이 약해서가 아니라 몸이 아파서 못 나가는 거라는, 운동을 '정당하게' 빼 먹을 수 있는 이유가 하나 생긴 셈이니까.

영어도, 운동도 좀처럼 향상하지 않는 이유를 알고 있다. 아무리 해도 재미를 느끼지 못해서다. 생각해

보면 나는 아직 계획에도 없는 '언젠가의 커리어'를 위해 공부할 뿐, 영어권 문화에 깊숙이 빠져든 적이 없었다. 친구들이 좋아하는 미국 드라마를 한 시리즈라도 끝까지 본 적도 드물었다. 그들의 문화를 이해하지 않으면서 언어만을 습득하는 데에는 아무래도 한계가 있었다. 운동도 비슷했다. 간혹 헬스 마니아들의 유튜브 영상을 찾아보았지만, 근육 이름을 외워가며 운동하는 그 문화에 녹아들긴 어려웠다. 게다가 운동에 관한 내 의지력은 나무젓가락, 아니 이쑤시개 같아서 아주 작은 걸림돌에도 툭툭 부러져 버렸다. 고된 데다가 재미도 없는 활동을 안 할 이유는 언제나 수십, 수백 개나 있었다.

닌텐도 스위치로 수많은 게임을 플레이하면서도 운동 게임만큼은 기어코 구매하지 않았던 것도 이런 이유에서다. 운동은 재미가 없으니까. 일반적으로는 닌텐도 스위치를 사고 나면 게임 타이틀로 〈링피트 어드벤처〉나 〈피트니스 복싱〉과 같은 운동 게임을 많이 구매한다고 한다. 특히 〈링피트 어드벤처〉는 전 세계에서 2022년까지 약 1,400만 장이나 판매되었고, 이는 역대 닌텐도 게임 타이틀 역사상 매출 최상위권에 드는 성적이다. 오죽하면 〈링피트 어드벤처〉가 닌텐도 스위치의 판매량을 견인한다는 말이 있을 정도다. 선풍적인 판매로 이미 그 재미와 효과성이 어느 정도 검증된 게임이지만 나는 <링피트 어드벤처>가 썩 내키지 않았다. 게임에서까지 운동을 하고 싶지는 않아서였다.

그런 내가 <링피트 어드벤처>를 끝내(?) 구매하고 말았다. 어느 날 덜컥 발견한 갑상선암이 계기였다. 진단 결과 의사 선생님은 갑상선을 시급히 절제해야 한다고 했고, 곧바로 수술 날짜가 잡혔다. 내가 갑상선암을 진단받은 건 2월 말, 수술이 예정된 건 4월 초였다. 친한 친구들에게 이 사실을 알리니, 수술 전에 체력 관리를 해야 한다며 조언이 빗발쳤다. 그러나 필라테스나 헬스 등 체육시설에 등록하자니 한 달 남짓의 단기 이용은 애매하게 값이 비쌌고, 밖에서 러닝을 하자니 미세먼지 현황을 알려주는 애플리케이션에 매일 같이 '최악'이라고 뜰 만큼 좋지 않은 기상 상태가 계속됐다. 도대체 체력 관리를 어떻게 하는 건지 몰라 허둥지둥하다가 마침내 결심했다. <링피트 어드벤처>를 구매해서 운동해보기로.

<링피트 어드벤처>는 다른 게임 타이틀보다 값이 비싼 편이다. 조그마한 택배용 비닐 안에 꽁꽁 싸여 오

는 일반 게임 타이틀과 달리 <링피트 어드벤처>는 주문하면 아주 커다란 상자가 배송된다. 안에는 게임칩과 함께 운전대 핸들처럼 생긴 동그란 '링콘'과 허벅지에 착용할 수 있는 '레그 스트랩'이 포함되어 있다. 링콘과 레그 스트랩에 닌텐도 스위치의 컨트롤러 두 개를 각각 끼우면 다리와 팔의 동작이 닌텐도 스위치에 인식되어 주인공 캐릭터를 움직일 수 있다. 운동 게임이지만, 이 게임에서도 주인공은 모험을 떠난다. 다만 컨트롤러로 조작해서 주인공을 움직이는 게 아니라 내 발로 직접 뛰어야 하는 점이 다르다. 몬스터와 싸울 때는 스쿼트, 플랭크, 전사 자세 등의 운동을 통해 데미지를 입힐 수 있다.

처음 링피트를 시작할 때는 기세 좋게 운동 강도를 높게 설정했다. 이왕 구매했으니 본전을 뽑자는 마음이었으나 이게 얼마나 잘못된 생각이었는지 그다음 날 찾아온 몸살로 여실히 깨닫게 됐다. 이러다가는 수술 전에 체력을 끌어올리기는커녕 몽땅 소진하게 될 참이었다. 하루에 스쿼트를 한 번도 하지 않다가 하루 사이 갑작스레 백 개 남짓하게 되니 허벅지가 금방이라도 터질 듯 아팠다.

근육통을 핑계로 링피트를 괜히 피하는 나와 달

리, 소해는 링피트를 매일 해냈다. 처음 링피트를 살 때까지만 해도 절대 이 게임을 하지 않겠다며 극구 거부했던 아이였다. 그런데 내가 링피트를 하는 걸 보고 호기심이 생겼는지 자기도 해보겠다고 나서더니 아주 쉽게 해냈다. 플레이어마다 게임을 시작하기 전에 자신의 키와 몸무게를 입력하고 자신이 해낼 수 있는 운동 부하를 측정하는데, 소해는 자신에게 맞는 운동 부하를 설정했기 때문이었다. 내가 스쿼트를 30번쯤은 해야 쓰러뜨릴 수 있는 몬스터를 소해는 단 세 번의 스쿼트로 물리쳤다. 내가 땀을 진탕 흘리며 늪을 헤쳐갈 때, 소해는 유유히 건너갔다. 이 과정이 반복되며 소해는 링피트에 푹 빠지게 됐다. 나를 훨씬 앞지를 수 있는 이 게임이 아이의 마음에 쏙 들었던 것 같다.

나를 위해 구매한 게임을 정작 아이만 하는 걸 보니, 이대로 주저앉아 있을 수만은 없었다. 겸허한 마음으로 나를 받아들이며 운동 강도를 이전보다 훨씬 낮게 설정했다. 강도를 낮추었더니 몬스터를 물리칠 때 해야 하는 동작의 개수가 줄어들었다. 강도를 나에게 맞게 설정하고 난 후에는 근육통도 훨씬 경감됐고, 매일 운동하는 게 전처럼 부담스럽지 않았다. 무엇보다 운동을 할수록 머릿속이 맑아졌다.

갑상선암은 다른 암에 비해 치료법이 명확하고 예후가 좋다고 알려져 있었지만, 그런 사실을 다 안다고 하더라도 불안감이 좀처럼 가시지 않았다. 무엇보다 자꾸만 밀려오는 피로감을 감당하기 어려웠다. 공교롭게도 암 진단을 받았던 때는 내가 프리랜서 개발자로 독립한 지 얼마 안 되었던 시기였다. 다니던 회사를 잠시 휴직하고 치료받는 게 아니라 이전의 일에서 완전히 벗어나 새롭게 일을 시작해야 하는 상황이다 보니 치료 후에 생업 전선으로 복귀할 수 있을지 몰라 불안해졌다. 우울과 불안 속에 마음이 자꾸만 요동칠 때마다 〈링피트 어드벤처〉를 켰다.

가볍게 조깅과 스쿼트를 할 수 있는 모험 파트도 좋았지만, 〈링피트 어드벤처〉에서 가장 인상 깊었던 건 무엇보다 준비 운동과 마무리 운동 프로그램이었다. 〈링피트 어드벤처〉에는 내가 동작을 쉽게 따라 할 수 있게끔 예시를 보여주는 '미브리 씨'가 등장하는데, 운동 전후로 미브리 씨와 함께 스트레칭을 할 수 있다. 운동을 본격적으로 시작하기 전에 간단한 스트레칭을 하고, 운동을 마무리한 이후엔 근육을 이완하는 동작을 통해 '쿨링 다운'을 한다. 본격적인 운동 전후에 있는 이 스트레칭은 운동하면서 몸을 다치지 않고, 운동

이후에도 몸을 잘 돌볼 수 있도록 돕는다. <링피트 어드벤처>의 전후 운동을 따라 하며 새삼스레 모든 일에는 준비가 필요하다는 사실을 이해하게 됐다. 아닌 게 아니라 나는 언제나 준비 따위 없이 곧바로 무언가에 뛰어드는 사람이었다. '일단 한 번 해보자'가 내 모토였고, 사람들은 그런 나를 말리기 바빴다. 무언가 좋은 생각이 떠오르면 즉각 기획안을 만들고, 실행에 옮겼다. 다행히 글쓰기도, 개발도 컴퓨터를 켜기만 하면 곧바로 시작할 수 있는 종류의 일이었다. 뼈대를 만들고, 같이 할 사람을 찾고, 살을 붙여 완성하는 일을 좋아했다. 그 프로젝트로 돈을 벌 수 있는지는 내게 중요하지 않았다. 재미있어 보이면 언제나 곧바로 시작했다. 이 일을 할 만한 체력과 여유가 되는지는 단 한 번도 고려해보지 않았다. 오래 고민하지 않고 실행에 옮기는 건 장점이자 단점이었다. 시행착오를 겪어야만 알 수 있는 것도 있었지만, 때론 준비 과정에서 예견할 수 있는 실패도 있었다. 모든 걸 몸으로 직접 부딪쳐봐야만 안다는 점에서 나는 과격하고 무모했다.

그랬던 내가 수술을 준비하며 거의 모든 일을 그만뒀다. 꼭 수술 때문이 아니더라도 몸이 금방 피로해져 무언가를 집중해서 하기 어려웠다. 집안일을 하거나 간혹 원고를 쓰기는 했지만 무슨 일이든 욕심만큼 해내기는 어려웠다. 먼지 쌓인 창틀을 그저 보고 있는 것도, 하고 싶은 일이 있는데 하지 못하는 것도 참기 힘들었다. 참다못해 있는 힘껏 에너지를 쏟아부어 가며 청소하고 나면 이틀은 앓아누웠다. 이전의 나로서는 상상하기 어려운 체력 수준이었다. 무얼 하든 금방 피로해져, 쉬어야만 하는 이 휴식 시간이 낯설고 부담스러웠다. 소파에 기대어 빈둥거리는 사이 세상으로부터 잊힐까 두려웠다.

누워 있으면 어느새 새로운 프로젝트가 떠올랐다. 때때로 지인들로부터 다른 일감을 제안받기도 했다. 그러나 아무에게도 쉽게 확답할 수 없었다. 지난날의 나는 언제나 "좋아요, 같이 해봐요!"라며 자신 있게 대답했지만, 이제는 그런 관성을 힘껏 억눌러야만 했다. 정확히 언제부터 다시 일을 시작할 수 있는지, 아무것도 알 수 없는 상황에서 하릴없이 시간을 보내는 일은 고문이었다. 매일 부족하기만 했던 스물네 시간이 처음으로 길게 느껴졌다. 몸은 줄기차게 휴식을 요구했고, 나는 속절없이 이를 받아들여야 했다. 내게 이 시간은 갑작스레 찾아온 암흑기와 같았다. 아무것도 할 수가 없고, 앞날을 계획할 수도 없었으니까.

아무것도 할 수 없으니 우울했고, 한없이 가라앉았다. 그 시간을 견디게 해준 건 아이였다. 아침마다 일어나 아이를 준비시켜 학교에 보내고, 정시가 되면 같이 손을 붙잡고 하교하며 재잘재잘 수다를 떨었다. 돌아오는 길에 카페에 들러 커피와 주스를 나눠 마시거나 편의점이나 문구점을 들러 이것저것 구경하기도 했다. 벚꽃이 흐드러지게 핀 날에는 벚나무를 보러 더 먼 길로 돌아 돌아 집에 도착했다. 가끔은 비가 양동이로 들이붓듯이 쏟아지는 날도 있었다. 그런 날엔 둘 다 우비를 입은 채 폭우를 뚫고 집에 돌아와 욕조에 뜨거운 물을 가득 채워 같이 목욕했다. 목욕이 끝난 뒤엔 바나나우유를 나눠 마시면서 '비가 오니까 오늘 학원은 그냥 땡땡이치자' 얘기하곤 같이 킬킬 웃었다. 그 시간이 나를 비로소 숨 쉬게 했다.

이 쿨링 다운이 모두 끝났을 때, 실제로 나는 이전과 같은 일의 자리로 되돌아갈 수 없을지도 모른다. 물론 잊히지 않을 수도 있지만, 또 잊힌다면 좀 어떤가. 나는 내가 있을 공간에서 행복하면 되는 것이니까. 그때는 그때 가서 생각해보기로 했다. 대신 무언가 하고 싶을 때, 할 수 있을 만큼 체력만큼은 만들어 놓자고 결심했다. 수술이 끝나고 회복을 마치고 나면, 스쿼트 300개쯤은 거뜬히 할 수 있는 허벅지를 만드는 게 목표다. 그 정도 되면 지금 우리 집에서 가장 앞서 있는 아이의 링피트 기록도 추월할 수 있을 테니까. 두고 보라고, 어른의 저력을 보여줄 테니.

소해

운동을 할 수 있다는 건 좋은 거야

TIP

게임을 할 때에도 스트레칭이 필요하다

<링피트 어드벤처> 뿐만 아니라 게임을 할 때도 플레이 전후로 스트레칭이 꼭 필요하다. 특히 모니터에 연결하지 않고 닌텐도 스위치를 들고 플레이하는 경우에는 시선이 아래로 떨어지기 때문에 거북목이나 굽은 등이 쉽게 생길 수 있어서 주의해야 한다. 우리집은 거북목을 방지하기 위해 대체로 게임기를 텔레비전에 연결하여 플레이하고, 플레이 전후로는 꼭 등을 펴는 스트레칭을 하는 편이다. 목을 돌리는 간단한 동작부터 벽에 한쪽 팔을 기대고 어깨를 밀어주는 라운드숄더 방지 동작까지 제법 다양하다.

특히 최근 애용하고 있는 것은 '스파인 코렉터'다. 스파인 코렉터는 다양한 운동을 돕는 스트레칭 도구다. 필라테스 강사님께 추천받아 구매했는데, 신품도 3만 원 내외이고 중고 거래로 구입하면 1만 원대에도 살 수 있다. 가격도 저렴하고 무게도 가볍지만 크기가 다소 큰 편이라 공간을 꽤 차지한다는 단점이 있다. 그러나 스파인 코렉터에 등을 기대어 눕는 스트레칭을 정기적으로 하면, 굽은 등을 펴는 데에 큰 도움이 될 뿐만 아니라 코어 운동도 겸할 수 있다. 구매한 이후 나도 요긴하게 사용할 뿐만 아니라, 소해도 애용하는 우리집 '건강템'이다.

등과 목뿐만 아니라 눈 건강도 자주 챙기는 게 좋다. 아직 소해는 어색한지 잘 따라 하지 않지만, 나는 손바닥을 마주 대고 비벼서 따뜻하게 해준 뒤 눈가에 대고 눈을 감은 채 눈동자를 굴려주는 스트레칭을 자주 한다. 사실 눈 건강을 위한 가장 좋은 방법은 게임을 연이어 오래 플레이하지 않고 중간중간 쉬는 것이다. 가능하면 한 시간마다 눈을 감고 스트레칭을 하는 등 아이가 눈을 보호할 수 있도록 독려하자.

LOADING...

CHAPTER 11

토카월드 & 로블록스

소해는 매월 1일을 손꼽아 기다린다. 새로운 달이 시작되는 첫 번째 날에는 오로지 게임을 위한 용돈을 지급하기 때문이다. 예산은 1만 원. 아이는 어떤 게임에 얼마를 사용할지 한 달 내내 궁리하며 공책에 차근히 써 두고, 1일이 되면 일어나자마자 내 눈앞에 공책을 내민다. 그러면 공책에 기재된 금액들을 보고 내가 맞추어 아이템을 구매하거나 직접 충전해준다.

아이가 게임 용돈을 사용하는 곳은 주로 아이패드용 게임이다. 이전에는 모바일 게임을 종종 결제했었는데, 그건 아이보다는 내가 원해서였다. 아이가 즐겨 하는 퍼즐 게임에서 중간중간 해로운 영상 광고가 쏟아져 나오는 장면을 보고 난 이후 내린 결단(?)이었다. 아무리 실제가 아닌 게임 그래픽이라지만 좀비를 총으로 잔인하게 쏴 죽이거나 사람이 흙더미에 파묻혀 죽는 영상이 반복적으로 나오는 건 영 불편했다. 그래서 게임에서 광고가 나오지 않도록 하는 옵션을 구매한 뒤에, 아이에게 게임을 하도록 했다.

시간이 지나면서 소해는 새로운 게임에 눈을 뜨기 시작했다. 이전에는 간단한 아케이드형 모바일 게임만 했는데, 언제부터인지 게임 세계를 만들거나 다른 플레이어가 만든 게임에 참여하는 이른바 샌드박스 게임인 토카월드와 로블록스에 빠져들었다. 아이가 게임 아이템을 스스로 사고 싶어 하게 된 것도 바로 이 두 게임 때문이다. 샌드박스 게임이라는 말이 어렵게 들릴 수도 있지만, 놀이터에서 모래로 모든 것을 만들 수 있는 것처럼, 모든 것이 가능한 게임이라고 생각하면 쉽다.

토카월드는 아기자기한 2D 그래픽으로 이루어져 있다. 아이가 토카월드를 알게 된 건 유튜브를 통해서였다. 좋아하는 유튜버들이 토카월드를 플레이하는 모습을 보고 아이패드에 설치해달라며 매일 졸라댔다. 어떤 게임인지 알기 위해 유튜버가 플레이하는 모습을 아이와 함께 시청했는데, 처음 보는 게임인데도 아주 익숙한 모습이었다. 내가 어릴 적 갖고 놀았던 종이 인형 게임과 다르지 않았기 때문이다. 디자인과 기술이 접목된 디지털 게임이라는 사실만 빼면, 캐릭터를 내 마음대로 만들고 여러 배경 종이를 깔아 그 위에서 소품을 활용하며 놀이할 수 있는 말 그대로 종이 인형 놀이였다.

어릴 적 나는 종이인형들을 배치할 수 있는 공간을 종이에 직접 그리거나 잡지에서 사진을 오려내어 만들었는데, 토카월드에서는 이런 배경을 '스킨'이라는 이름으로 판매했다. 물론 처음 접속하면 집 한 채가 무료로 제공되기는 한다. 그 안에는 마찬가지로 기본 제공되는 소파나 책상, 침대가 포함되어 있고, 벽지와 바닥 무늬를 골라 내 마음대로 인테리어할 수 있다. 그 다음엔 뭘 하느냐고? 종이인형이 늘 그렇듯, 그게 끝이자 시작이다. 공간 배치와 캐릭터 꾸미기가 다 끝나고 나면 직접 만든 캐릭터들을 세워 이곳저곳 다니게 하면서 역할 놀이를 한다. 이 게임에 퀘스트나 미션은 없다. 가끔 맵에 숨겨진 캐릭터를 찾는 아주 소소한 수수께끼가 있기는 하지만, 꼭 해야 하는 건 아니다. 그냥 예쁘게 꾸민 캐릭터와 배경을 토대로 자유롭게 놀면 된다. 그러나 종이인형을 혼자서 갖고 놀면 아무래도 재미가 없듯, 이 게임도 마찬가지다. 번듯한 배경과 캐릭터가 준비되어 있어도 캐릭터를 갖고 놀기 위해선 다른 사람과 함께여야 한다. 그래서 소해는 늘 나와 토카월드를 같이 하길 원했다. 소해가 예쁘게 꾸민 공간에서 나는 친구가 되었다가, 엄마가 되었다가, 가끔 선생님이나 손님이 되기도 하면서 그 역할 시나리오에 맞춰 놀아주곤 했다.

그렇지만 하나의 배경만으로 역할 놀이를 하는 건 분명 한계가 있었다. 차라리 배경도 소품도 아예 없는 백지 공간이면 모를까, 이미 냉장고와 침대, 소파가 구체적으로 놓여 있는 이 공간은 어디서 봐도 명실상부한 집이었다. 그러다 보니 집에 찾아오는 손님이나 친구, 일상적인 부모와 자식 놀이 등 비슷한 레퍼토리를 끊임없이 반복할 수밖에 없었다. 아이는 물론이고 (영혼 없이) 놀아주는 나마저 싫증이 날 정도였다. 집을 배경으로 한 역할 놀이에 둘 다 신물이 날 때쯤 아이는 새로운 스킨이 나왔다는 공지를 우연히 클릭했고, 거기에서 눈이 휘둥그레질 만큼 멋지고 이색적인 공간들을 발견했다. 예컨대 핼러윈 콘셉트에 맞춘 귀신의 집이라거나 무려 3층으로 구성된 쇼핑센터,

귀여운 동물들이 잔뜩 있는 동물병원 같은 것들이었다. 마침 특가 세일을 하던 수영장을 하나 샀다. 풀장이 있고 해변과 맞닿은 근사한 리조트였다. 리조트 안에는 튜브, 수영복 등 수영을 할 수 있는 아이템은 물론이고 바닷가에 어울리는 아이템도 가득 채워져 있었다. 코로나19 바이러스가 극심하게 확산되던 때라 찌는 듯한 더위에도 수영장은 생각조차 못했는데, 우리는 우리 대신 캐릭터들을 물에 빠뜨리며 신나게 물놀이를 했다.

그 이후로도 배경을 두어 차례 더 구매했다. 예전에는 어린이날이 되면 장난감 가게에 가서 같이 장난감을 사곤 했지만, 이제 아이는 게임 아이템이 더 갖고 싶다고 했다. 아닌 게 아니라 플라스틱 일색인 어린이 장난감들이 지구의 환경에 썩 좋아 보이지 않았으므로 오히려 게임 아이템이 괜찮은 대안처럼 보였다. 장난감보다도 훨씬 저렴한 가격인 데다, 물리적으로 차지하는 부피도 없는 선물이니 게임 아이템이 상호 간에 더 만족도가 높은 게 분명했다. 그렇지만 사주면서도 어쩐지 찜찜한 마음이 가시지 않았다. 여기엔 몇 가지의 불편함이 켜켜이 쌓여 있었다. 하나는 게임 중독을 부추기는 게 아닌가 하는 불안함이었고, 다른 하나는 돈을 너무 가벼이 여기게 되지 않을지 하는 우려였다. 지금껏 아이와 함께 게임을 해왔지만, 이상하게 게임 아이템을 결제하는 행위는 이전과는 다른, 완전히 새로운 스테이지 같았다. 이러다가 게임에 돈을 펑펑 쓰는 게 당연해지지는 않을지 걱정됐다. 알고 보니 남편도 똑같은 고민을 하고 있었다. 어떤 식으로 정리하는 게 좋을지 고민하며 몇 날 며칠 대화를 나눈 끝에, 월 1회 1만 원의 용돈을 지급하자고 결정했다. 초반에는 집안일을 돕거나 해야 할 일을 마치면 포도알 스티커를 적립하듯 게임에 쓸 수 있는 용돈을 스스로 모을 수 있도록 해주었다. 그러나 그렇게 했더니 응당 자신이 해야 하는 기본적인 집안일(예컨대 자기 방 정리)마저 아이에게는 보상이 기대되는 과업이 되었다. 거꾸로 말하자면 보상이 주어지지 않으면 하지 않아도 될 일이 되는 것이다. 그래서 고민 끝에 집안일은 가족 구성원이라면 누구든 해야 한다고 다시 이야기를 나누고, 대신 '게임 용돈' 제도를 만들었다.

규칙이 만들어지자, 아이는 오히려 좋아했다. 규율이 생겨 싫어할 줄 알았는데 오히려 그전에는 사고 싶은 것을 언제 어떻게 살 수 있는지 몰라 힘들었다며 고충을 토로했다. 언제 얼마까지 구매할 수 있는지 명

확해지자 아이는 노트를 아예 하나 만들어 1만 원 안에서 어떤 아이템을 구매할 수 있는지 목록을 만들기 시작했다. 새로운 배경이 나올 때마다 배경을 소개하는 영상과 제공하는 아이템을 샅샅이 살펴보며 구매할 후보에 올렸다가 지우기도 하고, 배경 요소들끼리 값을 더하고 빼며 얼마까지 구매할 수 있는지를 가늠해 보기도 했다.

토카월드를 통해 결제를 시작한 아이는 로블록스에서도 캐시를 사고 싶다고 했다. 내가 모르는 게임을 말하는 순간, 다시 기나긴 공부의 시간이 시작됐다. 소해가 보는 게임 유튜버들을 원망하며, 머리를 싸매고 로블록스를 파악한 결과를 통해 짐작하자면 로블록스는 거대한 '게임 플랫폼'이었다. 로블록스에서 제공하는 '로블록스 스튜디오'라는 프로그램을 이용하면 누구나 자신만의 게임을 새롭게 만들 수 있고, 이렇게 만들어낸 게임을 로블록스 안의 '맵'으로 배포할 수 있는 형태였다. 로블록스가 하나의 게임인 게 아니라, 로블록스 안에 수많은 게임이 모여 있는 것이다. 로블록스 안에는 '로벅스'라는 통용되는 코인이 있어서 아이템을 곧바로 현금 결제할 수 있는 게 아니라 로벅스를 먼저 충전해 놓고 이를 이용해 아이템을 구매하는 형태였다. 로블록스는 토카월드보다 온라인 요소가 더 강한 게임이기에 몇 가지 약속을 더 정해두었다. 다른 사람에게 이름이나 휴대전화번호, 사는 곳, 학교 등을 알려주지 않을 것. 로블록스를 플레이할 땐 혼자 하지 말고 내가 있는 곳에서 같이 할 것. 온라인으로 다른 사람들과 함께 플레이하거나 메시지를 나눌 수 있으니 더 신중해져야 했다. 로블록스에서도 로벅스를 구매할 수 있는 대신, 월 1회 1만 원 안에서 지켜 줄 것도 당부했다. 로블록스와 토카월드 중 어느 게임에서 아이템을 구매하든, 둘 다 합산해서 1만 원이라고 못 박아두었다. 그러자 저마다 값이 다른 배경 요소를 계산하는 것에 더해 로벅스를 충전하기 위한 달러 환율까지 변수로 들어오면서, 아이의 계산기는 더 복잡하게 돌아가기 시작했다.

아예 게임 결제를 절대 안 된다고 못 박아두면 아이는 다른 방법으로라도 캐시를 얻고 싶어 할 수도 있다. 실제로 게임 캐시를 미끼 삼아 아이들을 꾀어내려는 범죄자들도 많다(물론 이 모든 위험이 게임 결제를 막아서 생기는 일이라고 이야기하는 건 아니다. 결제를 하든 안 하든 이런 위협에 충분히 노출될 수 있다). 최근 보고된 청소년 성 착취 피해 신고 사례 가운데 게임 캐시를 이용한 범죄 수법이 있었다. 카카오톡 오픈채팅방을 열어두고 특정 게임의 캐시를 줄 테니 사진을 찍어 오라고 한 것이다. 처음에는 몸이나 얼굴 사진이 아니라 학교에서 집으로 보내는 가정통신문을 촬영하라고 한다. 가정통신문은 모두에게 나눠주는 것이니 상관없어 보여 아이도 별다른 경계심 없이 찍어 보낼 수 있다. 그러나 가해자가 원하는 건 가정통신문에 적힌 학교, 학년, 반, 이름의 개인정보다. 신상을 손에 쥐고 난 뒤에는 180도 태도가 돌변해 아이를 협박하기 시작한다. 그러니 현금 구매가 필요한 게임을 진행할 때, 결제에 대해서도 충분히 이야기를 나누고 이러한 위험에 대해서도 사전에 알려주는 것이 좋다.

전반적으로 나는 게임 내 결제에 긍정적이지만, 구매를 허락하지 않는 영역도 있다. 확률에 따른 뽑기에 돈을 쓰는 아이템이나 공정 시간을 단축하는 스피드업 아이템은 구매하지 않도록 한다. 확률성 아이템은 말 그대로 확률에 따라 지급되기 때문에 돈을 조금만 써도 당첨될 수도 있고, 아무리 많이 써도 당첨되지 않을 수 있다. 이런 방식은 그 자체로 도박이라 생각해 아이가 구매하지 않도록 독려한다. 공정 시간을 단축하는 아이템(예컨대 농장 게임에서 심은 벼를 수확

하는 데 걸리는 시간을 줄여주는 가속 아이템 등)의 경우에는 한 번 구매하기 시작하면 그 속도에 취해 계속 구매할 공산이 높아서 권장하지 않는다. 한 번 사두면 계속 쓸 수 있는 아이템이 낫다고 생각하는 편이다.

'게임 용돈' 제도 덕택에 우리 집에선 매월 1일마다 새로운 의식이 생겨났다. 한 달을 벼르고 별러 새로 산 아이템을 가족 모두 앞에서 자랑하는 시간을 갖는 것이다. 아이는 새로 산 옷을 입고 보여주듯 이번에 구매한 아이템으로 정성껏 방을 꾸미고 뿌듯해하며 보여준다. 물론 우리 가족의 반응도 언제나 예약되어 있다. 핵심은 아이와 눈을 맞추며 배에 힘을 주는 것이다. 그리곤 과하지도, 모자라지도 않은 발성으로 소리 내서 감탄한다.

"우와! 정말, 완전, 너무, 예쁘다!"

소해

매월 1일에 한 번 만 원을 받으면 규칙적인 생활을 할 수 있어. 특히 돈을 언제 받아서 어떻게 쓸 수 있는지 제대로 알 수 있거든.

TIP

게임의 교육적 역할

<마인크래프트>와 <로블록스>는 모두 어린이 교육 현장에서 자주 사용되는 게임이다. <마인크래프트> 편에서 언급한 것처럼, 소해도 마인크래프트로 참여하는 역사 수업에 큰 관심을 보였다. 12주의 강의가 모두 끝난 뒤에도 또 듣고 싶다고 조를 정도였다. 비단 수업이 게임을 통해 이뤄져서만은 아니다. 그보다는 역사를 학습한다는 감각과 더불어 배운 것을 직접 만들어 볼 수 있다는 복합적인 경험이 아이를 자극하는 듯했다. 게다가 게임을 통해 모래, 흙, 철 등의 소재를 하나하나 이해할 수 있다는 점에서 <마인크래프트>는 확실히 아이의 지식 세계를 확장하는 데에 이바지하는 듯했다.

<로블록스>를 통해서는 게임을 하는 것뿐만 아니라 게임을 직접 만들어 볼 수도 있다. 실제 교육 현장에서도 게임을 직접 개발할 수 있는 <로블록스>를 토대로 '로블록스 코딩' 등 다양한 교육 프로그램이 진행된다. 마인크래프트와 달리 로블록스는 게임 엔진을 이해하고 활용해야 하므로 초등 저학년생들에게는 다소 어려울 수 있다. 그러나 로블록스로 게임을 만들어보고 싶다는 소해의 말에 함께 로블록스 엔진으로 게임을 만들어보았는데, 이 과정을 통해 확장되는 감각이 있어 보인다. 예를 들어 원근감에 대한 이해가 필요했다. 배경에는 하늘을 만들고 그 앞에 산과 개천을 만들어 놓는 등, 게임의 진행을 염두에 두고 게임을 구성하는 요소를 적절하게 배치해야 하기 때문이다.

인터넷에 찾아보면 청소년을 대상으로 한 〈마인크래프트〉, 〈로블록스〉 클래스가 매우 다양하다. 온라인 강좌도 있지만, 종종 지역 청소년 센터에서 열리는 오프라인 강좌에도 참여할 수 있다. 주로 방학 때 이런 강의들이 열리므로 아이가 〈마인크래프트〉나 〈로블록스〉를 즐겨한다면 참여하게 해주는 것도 추천한다.

LOADING...

CHAPTER 12

젤다의 전설: 티어스 오브 더 킹덤

<젤다의 전설: 브레스 오브 더 와일드>의 엔딩을 보고 난 뒤, 후속편인 <젤다의 전설: 티어스 오브 더 킹덤>을 얼마나 기다렸는지 모른다. 꼬박 3년이 지난 후에야 드디어 발매일이 다가왔고, 그날 인생 처음으로 '오픈런'을 했다. 닌텐도 매장이 열리기 전부터 밖에서 줄서서 기다리고 있다가, 열리자마자 매장으로 들어섰다. 판매를 시작한 지 한 시간도 채 되지 않은, 그야말로 따끈따끈한 게임팩을 손에 쥐었을 땐 정말 눈물이 날 뻔했다.

"엄마, 오늘 사 오더라도 꼭 나랑 같이 시작해야 해!"

게임팩을 사러 간다는 내게 소해는 신신당부했다. 한시라도 빨리 플레이하고 싶은 마음을 꾹 눌러야 했다. 그 어느 때보다도 아이가 빨리 하교하기만을 기다렸다. 하굣길에 우리는 편의점에 들러 과자와 음료수를 잔뜩 샀다. 새로운 모험 길에 오를 비장한 용사의 눈빛으로.

마침내 만난 <젤다의 전설: 티어스 오브 더 킹덤>(일명 <왕국의 눈물>)은 상상 이상의 세계였다. 이전에는 하이랄 왕국의 반짝이는 대지를 내달렸다면, 이제는 하늘에 떠 있는 신비로운 섬에서 힘차게 뛰어내릴 수도 있게 되었다. 하늘뿐만 아니라 땅보다 더 아래에 있는 지저 세계를 탐험할 수도 있었다. <젤다의 전설: 브레스 오브 더 와일드>(일명 <야생의 숨결>)이 광활하게 펼쳐진 세계를 보여주었다면 이제는 더 웅장하고 깊어졌다. 그뿐만이 아니다. <야생의 숨결>에는 없던 능력이 여럿 생겨났다. 천장을 뚫고 올라갈 수 있는 '트레루프'와 무기에 여러 물건을 붙여서 다양한 방식으로 전투할 수 있는 '스크래빌드', 그리고 물건을 조합해 새로운 사물을 만들어 낼 수 있는 '울트라핸드'다. 이 중에서도 특히 울트라핸드를 이용하면 통나무와 깃대를 조립해 물에 띄울 수 있는 통나무배를 만들 수도 있고, 바퀴와 나무판을 붙여 간이 자동차를 만들 수도 있다. 바퀴, 폭탄, 조종간, 선풍기, 날개 등 다양한 재료를 구하면, 재료들을 이용해내가 만들고 싶은 기계를 제작할 수 있다. 간단하게는 자동차나 비행기, 오토바이 같은 것들을 시작으로 사과나무에서 사과를 한꺼번에 딸 수 있는 사과 수확기나 몬스터를 한 번에 처리할 수 있는 자동 트랩까지도 가능하다. 유튜브를 찾아보면 울트라핸드를 이용해 놀랍도록 창의적인 기계를 만든 플레이어들의 모습도 찾아볼 수 있다. 그런가 하면 스크래빌드의 쓰임새도 다양하다. 로켓과 방패를 붙여 '로켓 방패'를 만들면, 로켓의 힘으로 공중으로 날아가 고공 전투를 할 수 있다. 그 외에도 폭탄꽃과 화살을 붙여 폭탄 화살을 만들거나, 냉기 열매와 검을 붙여 얼음 속성의 무기를 만드는 등 상상력을 얼마든지 넓힐 수 있다. 〈왕국의 눈물〉은 세계 곳곳에 넘쳐흐르는 소재들을 하나하나 탐구하고, 이를 조합해가며 새로운 것을 만들어나갈 수 있는 창조의 땅이다.

이전에 〈야생의 숨결〉을 플레이할 때는 소해가 아무래도 게임 조작에 익숙하지 않아 간단한 미니퀘스트와 요리를 하는 게 전부였지만, 〈왕국의 눈물〉에서만큼은 달랐다. 아이는 전투도, 모험도, 제작도 곧

잘 해냈다. 이제는 복잡한 수수께끼가 있는 사당도 혼자 씩씩하게 깼다. 아이가 무언가 척척 해내는 모습이 놀랍고도 기특했다. 소해도 그런 새로운 성취가 꽤 마음에 드는 모양이었다. 한번은 돌을 비행기나 배에 실어 먼 곳까지 운반해야 했었는데, 귀찮기도 하고 복잡한 퀘스트라 나중에 하지 싶어 밀어두었었다. 내가 어영부영 퀘스트를 계속 미루자 소해가 '이게 뭐가 어렵다고!' 하며 근처에 있는 나무를 베어 통나무배를 만들고 선풍기를 척척 달았다. 이전엔 성가신 퀘스트를 모두 내가 떠맡았는데, 이젠 아이가 홀로 해내고 있었다. 옆에서 열심히 응원해주자, 아이도 어깨를 으쓱하며 자랑스러워했다.

게임을 시작하자마자 우리는 <야생의 숨결>에서 방문했던 여러 마을을 돌아보기로 했다. 토속적인 매력이 있는 카카리코 마을, 깨끗한 물이 흐르는 조라의 마을, 아름다운 해변가 리조트 같은 나크시 마을 등 우리가 좋아했던 마을과 주민들이 어떻게 지내는지 궁금해서였다. 마을의 위치는 그대로였으나, 놀랍게도 마을은 처참하게 변해 있었다. 조라의 마을은 하늘에서 끊임없이 떨어지는 진흙더미로 엉망진창이 되었고, 나크시 마을은 몬스터들에게 점령당해 완전히 몬스터 소굴이 되어버렸다. 이번에는 게임을 느긋하게 즐겨야겠다고 마음먹었기에 퀘스트를 빨리 완수하려던 건 아니었는데, 괴로워하는 주민들을 두고 볼 수 없다는 소해의 말에 퀘스트들을 부리나케 해치웠다.

진짜 모험은 퀘스트가 끝난 뒤부터 시작됐다. 마을에 평화가 찾아오면, 좀 더 여유로운 마음으로 지저 세계와 하늘섬 이곳저곳을 탐험했다. 숨겨진 사당을 찾아내는 미션도 있고, 마을 주민들을 도와주면 등장하는 미니퀘스트도 많았다. 지저 세계 이곳저곳에 숨겨진 새로운 의상도 있어 옷을 찾아내는 재미에도 푹 빠졌다. 상의와 하의, 모자가 세트인데 한곳에 다 있지 않고 저마다 다른 곳에 숨겨져 있어서 여기저기 쏘다니고 수수께끼 같은 트랩을 맞춰가며 옷을 수집했다. 하늘에서 보는 노을의 풍경은 가히 아름다웠고, 용 위에 올라타 경치를 감상하는 것도 황홀했다.

모든 게 다 재미있지만, 그중에서도 특히 우리 가족은 이가단 옷을 입고 이가단 아지트에 잠입하는 걸 가장 좋아했다. 이가단은 재앙 가논을 숭배하는 집단으로, 몬스터가 아닌 인간임에도 불구하고 젤다와 링크를 공격한다. 보통 이들은 평범한 NPC로 변장하고 있다가 링크를 불러세우고선 방심한 사이 이가단으로 변신해 공격해온다. 이가단은 몬스터와 달리 독특한 술법을 사용한다. 게다가 그중에서도 이가단 간부들은 공격력이 꽤 강한 편이다. <야생의 숨결>에서도 이가단 아지트에 잠입해 이가단의 단장 '코가님'을 물리치는 퀘스트가 있었는데, 이번에는 이가단 옷을 직접 구해 입고 이가단의 신입 단원이 되어 당당하게(?) 아지트에 입성할 수 있다. 정체를 들킬까봐 조마조마한 마음과 더불어 이가단원들을 속여넘기는 묘한 쾌감까지 느낄 수 있다. 정해진 장소에 바나나를 놓고 와야 하는 이가단 간부 시험을 통과하고 나면, 이가단 간부로서 인정받고 이가단의 보물까지 손에 넣을 수 있다. 이가단 복장을 하고 있으면 길에서 잠입하고 있던 이가단원도 속여 넘길 수 있어, 소해도 나도 이가단을 마주치기만을 염원하게 되었다. 예전엔 이가단원들이 꽤 성가셔서 가능한 피해 다녔는데, 이제는 이가단 아지트를 찾는 데에 재미를 들였다. 바나나를 좋아하는 이가단원들은 바나나만 보면 춤을 추거나 먹고 싶다는 대사를 한다. 소해는 이를 이용해 아예 바나나를 방패에 붙여 다니면서 이가단원만 보면 바나나 방패를 내밀며 놀리기도 했다.

이 게임의 문제는 즐길 거리가 곳곳에 있다 보니

도무지 젤다를 구하러 갈 마음이 들지 않는다는 것이다. 젤다를 구하라는 퀘스트가 모험 수첩에 계속 반짝이며 존재감을 드러냈지만, 마지막 결전을 벌이면 이 세계에 다시 올 수 없으니 계속 회피하기만 했다. 몬스터도 잡고, 새로운 기구도 만들고, 모든 걸 다 즐길 대로 즐긴 이후에 젤다를 구할 참이었다. 새로운 재료를 조합해 이전에 없었던 요리도 만들어야 하고, 수많은 의상 세트도 다 맞춰야 하고, 링크의 집도 꾸미느라 바쁜데 언제 젤다를 구하러 가겠는가.

〈왕국의 눈물〉이 발매되고 난 뒤로 우리는 온종일 젤다의 전설 이야기를 하며 놀았다. 산책하다가 게임에 있던 돌과 조금이라도 모습이 닮은 걸 보면 소해가 이거 젤다의 전설 같지 않냐며 까르르 웃었다. 소해가 게임에 나왔던 '달걀 푸딩'을 실제로 먹어보고 싶다고 해서 푸딩을 파는 카페도 찾아가 먹어보기도 했다. 이렇게 부드럽고 달콤한 푸딩을 링크는 한손에 들고 허겁지겁 해치우듯 먹어야 한다니 안됐다, 그치? 하니 소해도 고개를 끄덕이며 화답했다.

"디저트는 한 숟갈씩 조금씩 먹어야 제맛이지!"

〈젤다의 전설〉에 나오는 음식을 직접 요리해보기도 했다. 〈야생의 숨결〉 초반 미니퀘스트에서는 NPC

중 한 명에게 연어를 잡아다 갖다주면 '연어 뫼니에르'를 만들어 한 그릇 나눠준다. 어떻게 하는 요리인지 인터넷에서 레시피를 찾아봤더니 의외로 간단했다. 소금으로 간을 한 연어에 밀가루를 묻힌 후, 팬에 버터를 녹여 구워주면 그만이었다. 겉이 바삭한 연어 스테이크랄까. <젤다의 전설> 게임 속 모습과 가급적 닮아 있도록 데친 브로콜리와 방울토마토까지 곁들여 먹은 연어 뫼니에르는 정말 맛있었다.

사실 <젤다의 전설: 티어스 오브 더 킹덤> 발매를 기다리면서, 이 게임이 나오면 앞으로 닌텐도 앞에 허구한 날 앉아 있을 텐데 회사 일은 잘할 수 있을지 계속 염려했다. 지금 돌아보면, 정말 한 치 앞도 모르니 할 수 있는 고민이었다. 그사이 나는 직장을 그만두고 갑상선암 수술을 받게 됐으니까. 수술받기 전후로는 일을 거의 정리하여 집에만 틀어박혀 있었다. 미팅도 없고, 약속도 없고, 마감도 없었다. 과거의 나로서는 전혀 상상할 수 없었던 일상을 갖게 된 셈이다. 대학을 졸업한 이후 한 번도 회사를 그만둔 적이 없었는데, 갑작스레 찾아온 공백의 시간 속에 나는 어정쩡하게 서 있었다. 뭘 해야 할지 몰라 계속 불안했고, 뭐라도 해야 할 것 같아 분주했다. 그 와중에 몸이 따라주지 않았던 건 차라리 다행인지도 몰랐다. 그간 무리했던 스트레스가 한꺼번에 몰아닥친 듯, 체력은 아주 더디게 회복되었다.

매일 같이 바쁘게 뛰어다니던 시간은 찬물이라도 끼얹은 듯 순식간에 조용해졌다. 대신 아이를 깨워 등교시키고, 집을 청소하고, 점심을 차려 먹고, 아이를 다시 데리고 와 여기저기 쏘다니는 루틴이 생겨났다. 물론 이 시간도 만만치 않아 부지런히 움직여야 했지만 대체로 평화로운 시간이었다. 아이가 몇 번이고 말했던 아이의 단짝을 데리고 함께 편의점에서 아이스크림을 사 먹고, 오후 다섯 시면 놀이터에 모여 함께 뛰노는 아이들의 이름을 외웠다. 길을 가다가도 인사를 나눌 수 있는 어린 이웃들이 늘어나는 게 기쁘고 즐거웠다. 주말이 되면 우리 집은 동네 아이들의 사랑방이 되곤 했다. 집에 닌텐도 게임팩이 많다고 소해가 동네방네 소문을 낸 덕에, 다들 자기 집에 없는 게임을 맛보기 삼아 플레이하러 왔다가 아예 눌러앉은 것이다. 놀러 온 아이들이 저마다 집에서 가져온 과일을 한 아름 나눠 먹으며 같이 마리오도 하고, 젤다의 전설도 하다 보면 주말이 금방 지나갔다.

그전까지는 내 커리어의 목표를 달성하는 것만이

인생의 행로라고 여겼다. 그게 더 '큰 물'이라고, 더 높은 곳으로 가야 더 넓은 세상을 볼 수 있다고만 생각했다. 그런데 사실 나는 이미 너른 세상 안에 있었다. 언제든 문을 열고 나가기만 됐다. 처음 본 아이들과 함께 '무궁화 꽃이 피었습니다'를 하며 놀고, 어색하게 묵례만 나누던 다른 집 양육자들과 함께 어깨를 맞대고 '우리 집에 왜 왔니'를 해봤다. 놀러간 친구네 집 고양이에게는 츄르를, 출판사의 강아지 '마로'에게는 예쁜 리본을 선물했다. 게임에 나온 음식을 요리하기 위해 함께 장을 보고, 밀가루를 묻혀보고, 팬케이크와 달걀말이를 배우는 모임에 나갔다가 집에 돌아와 팬케이크를 예쁘게 구워보기도 하고. 세상만사 즐길 것이 넘쳐 바쁘고 행복했다.

이 활동들 안에 경제적 생산성이라고는 한 톨도 없지만, 그게 뭐 어떤가. 세상 사람 모두가 등산가도 아니고, 누구나 위로 올라갈 필요는 없지 않은가. <젤다의 전설>도 마찬가지다. 젤다를 구하지 않아도 사실 아무 일도 일어나지 않는다. NPC들은 하이랄 왕국이 금세라도 무너질 것처럼 호들갑을 떨지만, 무너지지 않는다. 아무리 시간이 지나도 마왕은 여전히 링크를 기다리고 있고, 젤다도 잘 지내는 것처럼 보인다. 다른 플레이어들이 젤다를 수백, 수천 번은 구해줄 테니 죄책감은 조금 떨쳐보자고 소해와도 이야기를 나눴다. 게임이든 인생이든 목표를 정해야 할 이유도, 거기 도달해야 하는 의무도, 직진할 필요도 없다. 퀘스트는 어디까지나 '권장'하는 방향을 알려줄 뿐, 우리는 그저 이 가능성의 세계를 마음껏 탐험하고 즐기면 된다. 우리는 하이랄 왕국을 구하지 않는 직무유기와 한량의 용사지만, 적어도 오늘, 이 순간을 즐기는 법만큼은 통달한 '유희의 마스터'다. 마왕이 볼모로 잡은 세계에도, 우리가 발 딛고 있는 현실에도 즐거움은 어디에나 있다. 우리가 즐길 준비만 되어 있다면.

소해

뭔가를 만들 수 있어서 전투에 유용해.
특히 물이랑 땅에서 다닐 수 있는 걸
만들어서 타고 다니면 엄청 편함

TIP

구매하기 전에 미리 체험해보기

온라인으로 게임 플레이 영상을 보고 재미있어 보여 구매했는데 막상 게임을 해보니 의외로 재미가 없거나 나와 맞지 않는 경우가 왕왕 있다. 우리 가족들만 해도 그렇게 몇 번의 실패를 겪었다. 우리와 맞지 않는 게임팩은 중고로 내놓기도 했지만, 매번 그렇게 하는 것도 꽤 번거로운 일이다.

닌텐도 스위치에서는 이러한 일을 방지하기 위해 몇몇 게임 소프트웨어에 대해서는 체험판을 제공하고 있다. 닌텐도e숍에 접속하면 체험판 다운로드가 가능하다. 단, 모든 게임에 대해 체험판이 제공되는 건 아니며, 어디까지나 체험판인 만큼 플레이할 수 있는 스테이지나 활용할 수 있는 기능 또는 시간이 제한되어 있다. 우리는 체험판 플레이를 통해 <미토피아>, <별의 커비> 시리즈 중 일부를 해보았다.

체험판만이 아니라 간혹 아예 무료로 제공되는 게임도 있다. 소해가 즐겨하는 게임 중에는 <포켓몬 카페 리믹스 Pokémon Café ReMix>라는 게임이 있는데, 포켓몬이 다수 등장하는 아기자기하고 귀여운 아케이드 게임이다. 찾아오는 포켓몬들에게 주문받아 음식을 만드는 게임인데, 간단한 아케이드 게임을 통해 음식을 획득하여 만들어 주면 된다. 이 게임도 체험판 소프트웨어를 다운로드 받는 방식으로 똑같이 닌텐도e숍에서 다운로드 가능하며, 제한 없이 무료로 플

레이할 수 있다. 가끔 닌텐도e숍을 둘러보면 아이들이 재미있게 플레이할 수 있는 무료 게임이 꽤 많다. <포켓몬 카페 리믹스>는 그중 하나고, <포켓몬 퀘스트>나 <SKY - 빛의 아이들>도 전연령대 플레이가 가능한 무료 게임이다.

CHAPTER 13

엉덩이 탐정
뿡뿡! 내가 바로 미래의 명탐정!

어린 시절, 나는 게임북을 몹시 좋아했다. 게임북은 페이지를 차례대로 넘기며 읽는 일반적인 방식의 책이 아니라 페이지마다 주인공이 어떤 선택을 할지 내가 직접 골라 선택지의 페이지로 이동하여 읽어가는 책이다. 이를테면 '문을 연다(30쪽으로 이동하세요)', '반대편으로 간다(20쪽으로 이동하세요)' 같은 형태로 진행된다. 당시에는 서바이벌 장르의 게임북이 많았는데, 잘못 선택하면 어처구니없는 이유로 주인공이 죽어버리기 일쑤였다. 페이지를 종횡무진 넘나들며 읽는 책이다 보니 늘 종이가 너덜너덜했고, 일부는 아예 찢어져 없어지기도 했다. 나뿐만 아니라 다른 아이들

사이에서도 게임북은 엄청난 인기여서 도서관에서 게임북은 언제나 '대출중'이었다.

컴퓨터 게임을 시작하면서부터는 어쩐지 게임북이 시시하게 여겨졌다. 중학교에 올라가면서부터는 게임북을 거의 보지 않았고, 이후에는 그 존재조차 잊었다. 그랬던 게임북을 다시 만난 건 역시나 아이 때문이다. 이전에는 주로 무인도와 같은 곳에서 살아남아야 하는 극한 서바이벌 작품이 많았는데, 요새에는 잃어버린 친구를 찾아 떠나는 이야기라거나 인기 있는 만화 캐릭터가 등장하는 탐험 시리즈도 많았다. 그중에서도 아이가 가장 좋아하는 건 엉덩이 탐정과 그 조수 브라운이 등장하는 <엉덩이 탐정> 시리즈였다(아이들은 왜 똥이나 엉덩이, 방귀에 그렇게까지 열광하는 걸까?).

<엉덩이 탐정>은 사건의 범인을 추적하는 추리물 장르의 게임북이다. 엉덩이 탐정은 때로 전설의 보물을 탐내는 도둑들에게서 보물을 지켜내는 중차대한 임무를 수행하기도 하고, 마을 주민 모두가 참여하는 페스티벌에서 민폐를 끼치고 다니는 사람을 찾아내기도 한다. 엉덩이 탐정은 그 이름처럼 얼굴이 엉덩이 모양으로 생겨서 위급한 순간엔 입으로 방귀를 내뿜

어 범인을 기절시킨다. "실례하겠습니다" 하며 엉덩이 탐정이 입으로 방귀를 내뿜는 장면은 아이들이 배꼽을 잡게 만드는 하이라이트다.

솔직히 <엉덩이 탐정>을 좋아하는 편은 아니다. 엉덩이 탐정은 여자 캐릭터들을 모두 '레이디'라고 부르기 때문이다. 특히 아름다운 용모를 가진 괴도 B가 등장했을 때, 괴도 B의 외모에 속속 넘어가는 남자 캐릭터들이 너무 한심해서 아이에게 보여주고 싶지 않았다. 그러나 아이는 줄기차게 <엉덩이 탐정>을 봤다. 엉덩이 탐정이 추는 오프닝 춤까지 몽땅 외워 출 지경이었다. 아이가 워낙 좋아하다 보니 처음에는 세모눈을 뜨고 지켜보던 나도 서서히 <엉덩이 탐정>에 빠져들기 시작했다. 특히 아이와 함께 <엉덩이 탐정>을 넘겨보며 어떤 문을 열어볼지 고르고, 인물들이 가득 그려진 일러스트 사이에 숨어 있는 범인을 찾다 보니 나도 모르게 탐정 놀이에 흠뻑 취했다. 처음엔 아이와 놀아 주기 위해 책을 펼친 것이었는데, 어느새 범인 찾기에 진심이 되어버렸다. 한번은 마지막 엉덩이(그림에서 숨은 엉덩이를 찾는 미션이 꼭 한 번씩 있다)를 발견하고는 "여기 엉덩이다!" 하며 진심으로 기뻐하다가, 만화 속의 한 구절이 불쑥 떠올랐다. "내 몫은 이미 다

써버린 유년 시절에 한 번 더 무료 탑승한 기분." 웹툰 〈어쿠스틱 라이프〉에서 딸 '쌀이'와 놀아주다가 엄마인 '난다'가 독백하는 대사다. 나 역시 내 유년 시절도, 게임북을 즐겁게 보던 시간도 이미 지나가 버렸는데, 아이를 통해 비로소 그때로 돌아간 것만 같았다.

소해는 국내 출간된 〈엉덩이 탐정〉 시리즈를 모두 섭렵하고, 애니메이션도 몇 번씩이나 돌려보았다. 그러니 닌텐도 게임 〈엉덩이 탐정 뿡뿡! 내가 바로 미래의 명탐정!〉이 출시되었을 때, 당연히 닌텐도 스토어를 그냥 지나치지 않았다. 아이가 사 달라고 하면 어떻게 거절(또는 협상)해야 하나 혼자 머릿속에서 이런저런 시나리오를 떠올리고 있었는데 의외로 아이는 사고 싶다는 말 한마디도 하지 않았다. 대신 닌텐도 숍 앞에 걸린 벽걸이 TV에서 재생되는 〈엉덩이 탐정〉의 게임 시연 영상을 하염없이 바라보았다. 영상이 시작되었다가 끝나고, 또다시 시작되고, 여러 번 다시 끝날 때까지. 결국 닌텐도 스토어를 나설 때 내 손에는 아이가 한 번도 조르지 않은 〈엉덩이 탐정 뿡뿡! 내가 바로 미래의 명탐정!〉 게임팩이 들려 있었다.

추리란 과연 무엇일까? 물론 나도 수사를 직접 해본 적은 없으니 자세히 모르지만, 추리를 위해서는 기본적으로 조사하고 탐구하는 활동이 필요하다. 사건 현장 인근에 있었던 사람들을 찾아가 이것저것 물어보고, 현장을 꼼꼼하게 살피며 증거를 찾고, 현장에 범인이 나타나기를 종일 기다리며 잠복하는 것 말이다. 처음 게임을 할 때 아이는 엉덩이 탐정과 함께 범인을 쫓는 박진감 넘치는 추격전을 원했던 것 같다. 그리고 마침내 엉덩이 탐정이 "실례하겠습니다"라고 말하며 방귀를 뿜어내는 그 순간을 여러 번 자기 손으로 해보고 싶었던 듯했다. 그러나 그런 추격전을 하기 위해서는 더 오랜 시간 마을을 돌아다니며 증거를 수집해야 했다. 그 사이에 동네 사람들의 부탁을 들어주거나 엉덩이 그림을 찾아내는 미니 퀘스트도 완수해야 했고. 이 과정들이 모두 지루하게 여겨졌는지, 아이는 몇 차례 더 게임을 해보더니 관심이 시들해져 이 게임을 더는 플레이하지 않았다.

<엉덩이 탐정 뿡뿡! 내가 바로 미래의 명탐정!>을 모조리 깬 건 아이가 아니라 나다. 아이는 지루해하면서도 게임의 엔딩을 보고 싶어 했고, 그러다 보니 자연히 컨트롤러가 내게 넘어왔다. 나에게는 잠복수사, 미니퀘스트, 증거 수집이 모두 아무런 걸림돌이 되지 않았다. 왜냐하면, 나는 반복 업무에 특화된 대한민국의

직장인이니까. 게다가 보안 프로그램을 너댓 개나 설치해야 겨우 접속할 수 있는 각종 행정 시스템에 능통한 이력을 갖고 있었다. 이름이 한 글자씩만 다른 버튼이 열 개나 주르륵 나열된 화면 속에서 내가 필요한 버튼을 귀신같이 골라내는 일에 도가 트다 보니, 이 정도 증거 수집과 단서 찾기는 매우 손쉬웠다. 구석구석 카메라를 비추어가며 엉덩이 스티커를 척척 찾아내는 나를 보며 아이는 놀란 말투로 물었다.

소해 **"엄마는 왜 이렇게 게임을 잘해?"**

아이의 천진한 물음에 '이게 바로 헬조선의 회사원이란다'하고 으스대려다가 가까스로 참고 이렇게 말했다.

"엄마는 어른이니까 그렇지.
너도 크면 잘하게 될 거야." 경숙

물론, 이건 새빨간 거짓말이다. 나이를 먹는다고 모든 걸 그냥 잘하게 될 수는 없다. 어린 내가 쿠파를 못 이겨 속상해했을 때 엄마가 대신 싸워주곤 했던 건 어른이어서가 아니라 나를 사랑해서였다는 사실을 이제는 안다. 산더미같이 쌓인 집안일을 뒤로하고 엄마는 종종 나를 위해 마리오로 쿠파와의 대결을 연습해주었다. 쿠파와 싸우는 엄마의 모습을 보며 나는 내가 사랑받는 아이라는 걸 느꼈다. 어른이니까 잘하지, 라는 말은 널 사랑해서 게임을 잘해보려는 거야, 라고 말하기 부끄러워서 그냥 둘러댄 말이었다.

사랑이라는 건 뭘까? 고작 엉덩이 탐정을 하며 사랑을 말하는 게 우스울지도 모르겠지만, 아이와 게임의 경험을 나누는 이 시간이 내겐 사랑 같았다. 기실 게임을 같이 하는 사이란 나에게 있어 아주 특별한 관계다. 친구를 사귀는 게 서툴렀던 나는 종종 친해지고 싶은 친구를 따라 PC방에 가서 그 친구가 하는 게임을 덩달아 시작했다. 퀴즈게임 〈퀴즈퀴즈〉를 할 때는 친구와 함께 답안지를 한가득 인쇄해 종이를 팔랑팔랑 넘기며 답을 찾아 누가 먼저랄 것 없이 정답을 알려주었다. 리듬게임 〈알투비트〉를 할 때는 서로 경쟁 관계가 되기도 했지만, 경기를 마치고 나면 사이사이 함께 컵라면과 과자를 사서 나누어 먹곤 했다. 게임에 관한 새로운 정보를 나누며 같이 설레고, 한 명이 해킹당해 아이템이 탈탈 털리면 곳간을 털어 아이템을 나눠주기도 하는 사이. 미지의 세계로 함께 모험을 떠나고, 아이템과 스킬을 나누며 서로를 돌보고, 다시 앞으로의 모험을 계획하는 그 모든 여정이 특별하고 소중했다.

이제는 친구가 아니라 아이와 함께 모험을 떠난다. 서로 역할을 나누어 각자 취약한 부분을 의지하거나 분업하기도 하고, 아니면 아예 서로 키를 넘겨주기도 하면서. 게임 <괴혼 ~굴려라 돌아온 왕자님~>을 할 때는 멀미를 느끼는 나 대신 소해가 게임을 플레이한 것처럼 <엉덩이 탐정 뿡뿡! 내가 바로 미래의 명탐정!>은 지루해하는 소해 대신 내가 문제를 풀었다. 컨트롤러를 집었을 때, 우리는 부모와 자식이라는 이름표를 내려놓고 조금 더 평등해지는 것 같다. 물론 내가 아니라 소해가 어떻게 느끼는지가 관건이겠지만.

한번은 학교 공개수업에 참여한 적이 있는데, 부모님께 감사의 편지를 써서 낭독하는 시간이 있었다. 다른 아이들은 모두 '낳아 주셔서 감사합니다. 사랑합니다' 같은 말을 적었는데 소해만은 달랐다.

"엄마 아빠, 힘든 일 있으면 내게 말해. 내가 도와줄게."

의외의 문구에 참석한 다른 이들이 모두 웃음을 터뜨렸지만, 나는 어쩐지 웃음이 나오지 않았다. 아이와 서로 돕는 협업 관계가 좋기는 했지만 그게 아이에게 부담을 주는 너무 과한 의존이었던 건 아닌지 염려되었기 때문이다. 공개수업이 끝나고 돌아오는 길에 왜 그런 문구를 적었는지 물어보자 정작 아이는 태연하게 "엄마가 나 도와줄 때가 많으니까 나도 도와주고 싶어서 그러지." 라고 대답했다. 그 말을 듣고 나서야 비로소 안도할 수 있었다.

물론 이 관계에 대한 고민도 있다. 아이와 게임을 함께 즐기는 것도 좋지만, 양육자로서 무엇보다 나는 아이가 적절한 게임 습관을 지닐 수 있도록 도울 의무가 있지 않은가. 내 곁에서 함께 게임을 해줄 친구가 생겼다는 기쁨에 취해 아이가 경험할 다른 기회를 가로막게 되지는 않을까 자꾸 겁이 났다.

다행히 소해는 아직 게임 자체에 푹 빠지는 것보다는 게임을 누군가와 함께하는 경험 그 자체를 더 선호하는 것 같다. 자기가 얼마나 잘하는지 보여주고 싶어서 가끔 내 앞에서 현란한 플레이를 선보이는데, 내가 감탄하며 손뼉을 칠 때마다 소해도 뿌듯해한다. 게다가 소해의 장래 희망 중 하나는 '프로게이머'다. 왜 프로게이머가 되고 싶냐고 물으니, 지금도 게임을 잘하지만 앞으로도 잘하는 사람으로 있고 싶어서라고 한다. 물론 어린 시절의 꿈이야 백 번도 넘게 변하는 것이지만, 아이가 무언가에 자신감을 지닌 모습 자체가 멋져 보였다. 정답이 어떤 것인지는 모르겠다. 다만 게임을 통해 아이와 자주 더 많은 이야기를 나누려고 노력한다.

아이는 새로운 세계로 모험을 떠날 때, 종종 나를 옆에다 불러다 앉힌다. 예전에는 "소해야, 이 게임 엄마랑 같이 해볼래?" 하며 같이 놀기를 청했는데, 이제는 아이가 먼저 말을 건네온다.

소해 **"엄마, 나랑 이 게임 같이 해보자."**

아이가 떠나는 모험 길에 첫 번째 동료로 간택 받는 건, 꽤 근사한 일이다. 아이가 나를 언제까지 동료로 택해줄지는 모르는 일이지만, 앞으로도 또 재밌는 모험을 함께 떠나기 위해 아이의 신뢰와 기대를 깨지 않는 동료로 남고 싶다. 게임만이 아니라도, 아이가 가는 곳 그 어디라도.

소해

탐정 활동을 좋아하는 사람에게 좋아.
난 아니었어.

LOADING...

EPILOGUE

게임, 우리 가족의 버튼

<닌텐도 다이어리> 원고를 다 쓰고, 우리 가족은 여행을 떠났다. 결혼 10주년을 위해 오랫동안 자금을 모았던 여행이었다. 구상은 예전부터 해왔지만 정작 준비한 기간은 길지 않아 여행지에 도착하고 나서는 헤매는 일의 연속이었다. 애써 찾아간 기차역에서 기차를 거꾸로 타서 출발 지점으로 도로 돌아오거나, 환승 시간에 맞추려 뛰어갔으나 기차를 놓쳐버린 일도 허다했다. 내 실수로 소해까지 애꿎은 고생을 시킨 탓에 잔뜩 우울해하고 있었는데, 차창 밖을 바라보던 소해가 외쳤다. "엄마, 바깥이 완전 게임 세계 같아! 저거 봐, 하이랄 대지야!" 핸드폰 앱으로 기차 시간표만 들여다보고 있던 나는 그제야 창밖을 바라보았다. 기차 바깥으로 장엄한 산과 온통 초록색으로 뒤덮인 들판,

새파란 호수가 펼쳐져 있었다. 소해가 덧붙였다. “엄마, 저기서 링크가 패러세일 타고 뛰어내릴 것 같지 않아?” 그때부터 우리는 키득거리며 하이랄 대지 이야기로 빠져들었다. 오늘 못 간 관광지 따위는 잊어버린 채로.

게임은 우리 가족에게 ‘버튼’과도 같다. 각자 다른 생각을 하고 있다가도 누군가 한 명이 버튼을 누르면 모두가 이 주제로 빠져들고야 마는. 다른 이들에게도 이런 버튼이 있을 것이다. 자전거, 캠핑, 케이팝 등 가족이 공유하는 어떤 주제라도 곧잘 가족만의 이야기가 쌓인 버튼이 된다. 그러니 누구나 게임을 해야 할 필요는 없다. 그러자고 말하는 책은 아니다. 다만 자전거, 캠핑, 콘서트가 그렇듯 게임도 양육자와 아이가 함께 즐길 수 있는 가족만의 문화가 될 수 있다는 것만은 일러두고 싶다.

아이와 함께 게임하는 경험을 글로 쓰기 시작한 건, 어린이를 위한 콘텐츠 큐레이션 서비스 “딱따구리” 매거진의 의뢰 때문이었다. 칼럼에서는 양육자들이 게임을 이해할 수 있도록 게임 자체에 대한 정보를 중심으로 글을 썼다. 그때 쓴 칼럼이 책 곳곳에 녹아 있다. 다만 이 책 『닌텐도 다이어리』에서는 정보와 함께 게임할 때 아이와 나눴던 대화나 장면들을 더 생생하게 살리고 싶었다. 우리 가족이 게임을 통해 어떤 추억을 쌓아가고 있는지, 일기처럼 기록해보자는 마음이었다.

아이를 어떻게 키워야 하는지는 모른다. 10년을 함께 살았지만 이렇다 할 정답을 구하지 못했다. 이렇게 아이와 관계 맺는 게 틀린 건 아닐까? 걱정되기도 하지만, 일단 이 과정 자체가 아이와 함께하는 기나긴 여행길이라고 믿는다. 실수하고, 길을 잃고, 돌아갈 때가 있긴 해도 어쨌든 즐거우면 그만이니까.

소해

게임 얘기를 하면 우리 가족은 막 흘러내린다.* 다른 가족한테도 그런 버튼이 있다. 나도 게임 얘기를 하면 흘러내린다. 그런데 아무 때나 버튼을 누르면 안 된다. 다른 사람들이 뭘 하고 있을 때도 있고 다른 생각을 하고 있었을 수도 있으니까. 그러니까 아무 때나 막 버튼을 누르지는 말고 꼭 그 얘기를 하고 싶을 때만 하자!! ☺

* '빠져든다'는 표현을 '흘러내린다'로 쓴 것 같다.-엄마 주